Eugenio Cambaceres

En la Sangre

edición de
María Eugenia Mudrovcic

- STOCKCERO -

Cambaceres, Eugenio
    En la sangre / Eugenio Cambaceres ; edición literaria a cargo de:
    María Eugenia Mudrovcic
    - 1a ed. - Buenos Aires : Stock Cero, 2006.
    156 p. ; 22x15 cm.

    ISBN 987-1136-49-8

    1. Narrativa Argentina. I. Mudrovcic, María Eugenia, ed. lit. II. Título
    CDD A863

1° edición: 2006
Stockcero
ISBN-10: 987-1136-49-8
ISBN-13: 978-987-1136-49-0
Libro de Edición Argentina.

Hecho el depósito que prevé la ley 11.723.
Printed in the United States of America.

stockcero.com
Viamonte 1592 C1055ABD
Buenos Aires Argentina
54 11 4372 9322
stockcero@stockcero.com

Eugenio Cambaceres

En la
Sangre

Indice

Introducción
La década del 80..*vii*

La generación del 80 ....*ix*

La cuestión inmigratoria ....*x*

La literatura del 80..*xii*

Eugenio Cambaceres (1843-1889) ....*xiv*

En la sangre (1887) ....*xvi*

Obras citadas xxv

En la sangre
– I –..1
– II –...3
– III –..5
– IV –..8
– V –...11
– VI –..14
– VII –...16
– VIII –...18
– IX –..23
– X –...26
– XI –..28
– XII –...31
– XIII –...34
– XIV –...41
– XV –...43
– XVI –..47
– XVII –...49
– XVIII –...52
– XIX –..55

– XX – 58
– XXI –...61
– XXII – 63
– XXIII – 66
– XXIV – 70
– XXV – 72
– XXVI – 74
–XXVII – 75
– XXVIII –...77
– XXIX – 78
– XXX – 80
– XXXI – 82
– XXXII – 86
– XXXIII –..89
– XXXIV –..93
– XXXV – 97
– XXXVI –..100
– XXXVII –...103
– XXXVIII – 108
– XXXIX –..111
– XL 114
– XLI –..118
– XLII – 120
– XLIII – 122

Introducción

La década del 80

Hacia 1860, la segunda revolución industrial transformó la fisonomía económica de América Latina y, bajo la nueva división internacional del trabajo, Argentina ingresó al mercado europeo como país agroexportador. El dato no es banal si se tiene en cuenta que pocos años antes importaba cereales o que la primera exportación de trigo se realizó recién en 1876. Semejante viraje económico no sólo habla del destino de la región como fuente productora de materia prima sino también del proceso de reconciliación que se negoció en la esfera pública después de la caída de Rosas y que fue sin duda condición de posibilidad para la serie de transformaciones internas que cambiaron el perfil de la economía argentina. Tres cambios, en particular, fueron decisivos: la incorporación de 15,000 leguas de tierra fértil que arrojó como resultado la "exitosa" conquista al "desierto" (1879), la expansión de redes ferroviarias (de 1,331 km en 1874 se pasó a 13,682 en 1892), y el cambio de tecnologías agropecuarias que prescindió cada vez más de la existencia de saladeros pre-modernos para depender cada vez más de los modernos frigoríficos.

Después de la federalización de la ciudad de Buenos Aires —medida que despejó el camino final a la reorganización nacional— Julio A. Roca consolidó su poder gracias al apoyo que recibió de la "Liga de Gobernadores." Constituída en torno a la tradicional oligarquía patriarcal y al reciente pero numeroso grupo de reconciliados políticos que se acercaron al gobierno después de Pavón, la "Liga" fue esencial en la gestación de un sentimiento más o menos homogéneo (e inédito) de clase política nacional ("la *coalición* se reafirma—escribe Ludmer—sobre la superación de las diferencias políticas anteriores" [45]). Sellada así la estabilidad con este pacto político, económico y social, el primer gobierno de Roca (1880-1886) pudo avanzar con agresividad en su proyecto modernizador y hacer posible la modificación histórica que sufrió la sociedad argentina en la década de los ochenta, a tal punto que hoy resulta difícil no estar de acuerdo con Jitrik cuando la considera uno de los períodos formativos más importantes de la historia argentina: "[el 80] representa la formalización de los caracteres nacionales actuales, el nacimiento de la Argentina moderna y la aparición de los factores económicos, políticos y culturales sobre cuyo desarrollo y avatares la Argentina moderna reposa" (17).

Completando la imagen de país agroexportador, Buenos Aires tuvo un rol central en la sacralización del mito progresista emergente durante el roquismo. Después de inaugurado el puerto y finalizados los acuerdos para su capitalización, la "gran aldea" creció de manera monstruosa liderando simbólicamente el período organizativo que impondrá el perfil moderno a la nación argentina. El entonces intendente Torcuato de Alvear, responsable de la transformación de la "ciudad liberal" sobre la que se funda el mito-Buenos Aires, impulsó cambios notables en su fisonomía arquitectónica y urbana: durante este período, se tendieron servicios de alumbrado a gas, se llevaron a cabo extensas obras sanitarias que modernizaron el sistema de drenado, se construyó la mayoría de los edificios públicos que borraron sintomáticamente cualquier rastro del pasado colonial, se trazó la espectacular Avenida de Mayo y la actual 9 de Julio con el fin de desdibujar la estructura en damero heredada de la colonia, y se modernizaron las plazas públicas y la red de transportes con el tendido de teléfonos y tranvías; obras todas con las que se buscó no sólo "europeizar" la arquitectura urbana de Buenos Aires sino también mejorar las redes de comunicación para facilitar los crecientes flujos comerciales y humanos.

Coincidiendo con esta etapa de cambios acelerados, emerge en Argentina un grupo de intelectuales —la llamada generación del 80— que compartió ideas más o menos comunes, y aspiró a sentar las bases organizativas de la nación mientras renovaba su producción literaria. Al abrigo de la fe en el progreso impulsado por Roca —el lema de su primer gobierno fue precisamente "paz y administración"—, tomaron parte activa en el proyecto modernizador que buscó conscientemente encaminar la precaria pero ambiciosa democracia representativa por la senda del "orden," del "progreso" y del "crecimiento económico." ("Los hombres del 80 —escribió Noé Jitrik— asisten deslumbrados a los primeros pasos de las instituciones ... son, por lo tanto, codificadores, ordenadores, sienten la ley como una elevada categoría del genio creador del hombre" [102-02]). El clima creado por estas nuevas ideas afectó también la esfera cultural: a partir de una fuerte voluntad liberal y secularizadora, se impulsó la educación laica, gratuita y obligatoria, se creó el Registro Civil (1884), el individualismo se impuso al estatismo conservador y la élite ochentista consolidó poco a poco las bases de un país real inspirada en la ciencia positiva y en el refinamiento europeo. "De la Europa nos vienen la vida intelectual y la vida material. Ella y sólo ella puebla nuestros desiertos, compra y consume nuestros productos... nos presta dinero, su genio y su ciencia, es en una palabra, el artífice de nuestro progreso", sentenció Miguel Cané en su libro *En viaje*.[1]

La generación del 80

Nacidos en los últimos años del gobierno rosista (muchos de ellos, de padres exiliados), los hombres del 80 participaron activamente en la vida política, desempeñando cargos públicos y elaborando simultáneamente una literatura elitista, conversacional, ligera, fragmentaria. "Somos —escribió otra vez Cané— republicanos en la vida pública y aristócratas en la vida social." La conciencia de poseer semejante capital cultural, monopolio de ese "nosotros" presente no sólo en Cané sino en todos los miembros de la élite, pareció exhibirse sin demasiada sutileza en los tonos irónicos, en el humor y en las distintas formas de la agudeza porteña a la que recurrieron con pro-digalidad en la producción literaria. Los libros y las ideas que llegaban del viejo mundo constituían el tema de conversaciones o charlas que invariable-mente tuvieron como marco social el Club del Progreso,[2] el teatro Colón o el Jockey Club. Se debatían allí las distintas tendencias, principalmente las francesas, y junto a la influencia reconocida de Lamartine, Hugo o Musset se siguió ávidamente a Taine, Flaubert y Zola aunque estas fidelidades nunca fueron excluyentes sino más bien adhirieron a una especie de sincre-tismo que ponía de manifiesto las marcas típicas de los espíritus eclécticos.

Este diletantismo llegó a gravitar de tal modo en el grupo de progresis-tas porteños que devino estilo de vida: el dandismo, la ostentación de la cul-tura exterior, la adopción de formas afrancesadas en el actuar y en el hablar constituyeron la expresión de lo que la época valoraba como culto. Se euro-peizaba por snobismo, se imitaba sin profundidad y estas condiciones resul-

---

1   García y Panesi hablan acertadamente de una identificación entre el Estado liberal y la generación del 80: "A este grupo que tenía en sus manos el Estado, y que en cierta forma se confundía con él, suele llamárselo, precisamente, "la élite." A.J. Pérez Amuchástegui en su libro *Mentalidades argentinas* prefiere denominar a esta clase social "oligarquía pa-ternalista," y da como rasgo distintivo de ella la "farolería," es decir, una ostentación ce-remoniosa inesencial y fatua, junto con cierta pose cultural que mimetiza la gran cultura europea sin asimilarla" (20).

2   Fundado en 1852 en la esquina de las calles Perú y Victoria, el Club del Progreso fue el más antiguo centro social de Buenos Aires. Eugenio Cambaceres que llegó a ser su vi-cepresidente en 1873, afirmó que allí se reunía "un conjunto vinculado por felices afini-dades" (*Sin rumbo*). Entre sus asistentes figuraban los nombres de Lucio V. López, Miguel Cané, Roque Sáenz Peña, Wilde, Pellegrini, Ramos Mejía, "hombres brillantes —añade Blasi— críticos, ingeniosos, de gusto, que oponían su escepticismo mundano, su sonrisa, a la romántica fogosidad del sentir de la generación de Caseros, que los precedió en el tiempo" (24).

taron en una producción desarraigada de la realidad, lo que constituyó sin duda una de las contradicciones más visibles de la época. La pulsión modernizadora de la élite dirigente alentaba asimismo un cambio simultáneo en los intereses y costumbres semicoloniales de los habitantes de Buenos Aires. De población rural y mentalidad aldeana, Buenos Aires se vió convertida rápidamente en la ciudad cosmopolita de 1880 pero a pesar de haber adquirido un aspecto urbano ostentosamente moderno, seguían aún latiendo las formas esenciales de una época pasada aunque viva en la cotidianidad de una población poco propensa a incorporar cambios radicales.

Rechazando el sencillismo telúrico y patriarcal característico de la generación de los mayores, los hombres del 80 prefirieron formular su propia mitología en base a un sentido de urbanidad casi aristocrático. El *dandy* porteño, ese tipo estético y social característico del 80, esa nueva forma de aristocracia que aparece, según Baudelaire, en épocas de transición política, desplegó una cultura gestual y vestimentaria específica cuyos efectos de reproducción social permiten asegurar que su estilo codificado funcionó como un modelo de comportamiento colectivo. Y junto a la ostentación y la excentricidad, no olvidaron exhibir tampoco las marcas de origen ni el prestigio derivado de la vida pública o de los méritos militares e intelectuales. Sin duda, la generación del 80 —o los escritores-*gentlemen* como los llamó David Viñas (1971, 1982)— supieron asociar el sentimiento de orgullo y autovaloración al sentimiento de eficacia y omnipotencia política. Y lo supieron hacer porque pertenecieron a la primera generación argentina de dirigentes vencedores que tuvieron conciencia de serlo. Decididamente el discurso egotista que practicaron (ese discurso del yo que se vuelve permanente —y aún ejemplarmente— sobre sí mismo), así parece confirmarlo. Fueron, sin exagerar, hombres literalmente espectaculares.

Pero este es el lado gozoso, triunfalista, de la generación. Hay, sin embargo, otro aspecto más paranoico vinculado con el efecto discordante que tuvo la inmigración en el discurso de la clase dirigente.[3]

LA CUESTIÓN INMIGRATORIA

En 1889, de los 500,000 habitantes de Buenos Aires, aproximadamente 300,000 eran inmigrantes, y se calcula que durante la última mitad del siglo XIX la población del país se cuatriplicó en sólo 45 años (Maeder 555). Núcleo duro del discurso liberal argentino, la cuestión inmigratoria fue impulsada por la élite intelectual (desde Rivadavia a Alberdi, pasando por

---

3   Nouzeilles habla de la emergencia en esta época de un "sistema discursivo paranoico dirigido contra los inmigrantes en el que se combinan las teorías de la herencia y la degeneración progresiva de la raza que dan forma al argumento eugenésico, con la búsqueda obsesiva de síntomas con los cuales detectar la fuente del mal social" (107).

Sarmiento, Avellaneda, Roca y Juárez Celman) como fórmula recurrente para hacer frente a la escasez de mano de obra en un país inmenso y despoblado. Después del derrocamiento de Rosas, la dirigencia hizo suyo el lema de Alberdi "gobernar es poblar" al grado de guiar la Constitución Nacional de 1853 que no sólo alienta la colonización de Europa sino también otorga al inmigrante derechos de plena ciudadanía argentina. De este modo, las esperanzas cifradas en el aporte inmigratorio parecieron no tener límites como tampoco pareció tener límite el costado racista que emergió como valor agregado al utopísmo alberdiano. En carta a Victoriano Lastarria, Sarmiento calculaba, por ejemplo, que en tres años se podrían recibir 300,000 nuevos colonos y con esto "ahogar en las olas de la industria a la chusma criolla, inepta, incivilizada y tosca que detenía el intento de civilizar la nación" (cit. en Luna 116). Ya en los años '70 el rol del estado en la regulación de los flujos inmigratorios había adquirido un perfil definido: el gobierno de Avellaneda estimuló la llegada de inmigrantes mediante agencias de propaganda instaladas en distintas sedes europeas, se construyó el Hotel de Inmigrantes en Buenos Aires y luego se creó la oficina de Trabajo para localizar empleos y distribuirlos entre los recién llegados (Maeder 565).[4] Pero a pesar de estos esfuerzos y de los planes del gobierno de incorporar las sucesivas olas inmigratorias al circuito agropecuario, la mayoría de los inmigrantes no tuvo acceso a las tierras prometidas y terminó radicándose en Buenos Aires, contribuyendo con el tiempo a consolidar la extensa base de la clase media y el proletariado urbanos. Hacia fines de siglo, la incorporación de las distintas oleadas inmigratorias no sólo había conmocionado la base social del país sino también había provocado la variación de la estructura clasista argentina en un lapso relativamente mínimo de años.[5] Los efectos no deseados que acompañaron el ingreso masivo de inmigrantes produjeron acciones y reajustes inmediatos en el aparato político dominante. Acciones y reajustes que sirvieron, por un lado, para precisar los límites de la omnipotencia y prodigalidad del liberalismo, y para exhibir, por otro, las contradicciones ideológicas del discurso oficial argentino. En este sentido, los tópicos seudocientíficos tomados en préstamo al positivismo spenceriano sirvieron "providencialmente" para legitimar, cuando no para reforzar, la vigencia de los postulados discursivos de la oligarquía esclerosada en el poder. El oficialismo entonces, además de condescender a guardar las formas superficiales del principismo liberal, se volvió xenófobo y racista, defen-

---

4 La política de estímulo oficial alcanzó su máxima expresión entre 1887 y 1891 cuando el estado llegó a financiar el anticipo de pasajes. Acaso la publicación de *En la sangre* tenga no poco que ver con los extremos de liberalidad que alcanzó el juarismo en el tema inmigración. La crisis de 1890 marcó el fin del intervencionismo estatal en cuanto a inmigración. A partir de entonces, el gobierno sólo se limitó a encauzar la inmigración espontánea.

5 García y Panesi afirman que "en 1887 un alto número de pequeños comercios e industrias se hallaban en manos de esta nueva burguesía formada por inmigrantes, lo que prueba el alto grado de movilidad social que alcanzó la nueva clase. El texto de Cambaceres reproduce en la familia de Genaro este proceso: su padre, de trabajador ambulante y habitante de conventillo, pasa a alquilar una casa donde instala un negocio; a su muerte, su mujer y su hijo disponen de cierta cantidad de dinero que les permite comprar títulos públicos, una casa y pagar la educación de Genaro" (22).

sivo y conservador. Este es el cambio de línea que se puede percibir si se compara el primer gobierno de Roca con el segundo. O, para ser más explícitos, si se repara en la diferencia que separa las leyes abiertamente liberales promulgadas durante la primera presidencia roquista —se puede pensar en la sanción de la ley 1420 que motivó la expulsión del Nuncio Mattera y el consecuente corte de relaciones con el Vaticano— con las leyes claramente conservadoras y aún antiliberales que se aprueban durante la segunda presidencia de Roca (1889-1904) —vale recordar el golpe efectista que produjo la restitución de las relaciones diplomáticas con la Iglesia o la promulgación de la polémica Ley de Residencia de 1902 con la que el Ejecutivo se reservaba el derecho de expulsar del país a todo inmigrante al que se considerara (políticamente) indeseable.

Pero entre el primer gobierno de Roca y el segundo no media la inmigración solamente. También interfiere la crisis política y bursátil de 1890 que precipitó la caída de Juárez Celman (1886-1890), frenó abruptamente la euforia ochentista y puso en evidencia todo el repertorio de contradicciones de la llamada "ciudad liberal" (Viñas). A causa de la ola especulativa que se desató en torno a la venta de tierras, la moneda cayó en un 45%, hubo quiebras masivas, y emisiones clandestinas de dinero, y el Estado fue incapaz de cumplir con sus compromisos financieros internacionales. Posesionados por un afán de lucro y de ganancia fácil, todos los sectores sociales se dedicaron a la especulación. "El país —dijo alguien interpretando la fiebre colectiva de inversiones— se había convertido en 'una inmensa sala de juego'" (García y Panesi 20). Fueron estas contradicciones ideológicas las que, sumadas al ahora ineludible tópico del dinero, pasaron a engrosar la tendencia xenófoba y antisemita que define la novela naturalista del "Ciclo de la Bolsa." Después de un siglo dominado por el liberalismo romántico, la ciencia y el pensamiento positivista arraigaron en el espíritu de fines de siglo no sin brindar cierta legitimidad simbólica a la paranoia ideológica de la élite ochentista.

LA LITERATURA DEL 80

Los hombres del 80, polémicos y dispuestos a la conversación amena, encontraron en el ensayo y la charla literaria (*causerie*) los medios naturales para poner a circular sus ideas (Blasi los identifica como una "generación de prosistas" [11]). Todos los temas —desde el amor a la ciencia, hasta los viajes y la política— y todos los tonos —desde la reflexión periodística al discurso seudocientífico— fueron adoptados por los escritores-*gentlemen* que aspiraban escribir con la espontaneidad y el desorden propios de la oralidad. Es posible reconocer dos tendencias literarias entre los miembros de la generación del 80 (Jitrik 1970): una, rechazó la dinámica histórica replegándose en las evocaciones del pasado; otra, adoptó una actitud beligerante y activa a través de la elección de la novela como género y del naturalismo como método de mostración e interpretación. Representada por Miguel Cané, Eduardo Wilde, Lucio V. Mansilla, la primera tendencia adopta como géneros, la charla, los artículos periodísticos, los cuentos y la autobiografía y, como temas, los viajes, la vida y los pensamientos transmitidos a través de un tono subjetivo no exento de salidas humorísticas o ironías sutiles. En páginas circunstanciales pocas veces escritas pensando en la posteridad, dominan los trazos rápidos, la expresión conversada, la intuición o la acritud, sin estar tampoco ausentes la nota autocrítica, el sarcasmo o la agudeza burlona. Acaso la tendencia a considerar la literatura como fuente de placer y evasión explican la resistencia a reflejar de manera ostensible los cambios políticos y sociales aunque también es posible suponer que la negación a hablar de la realidad se deba a una ideología de extrema rigidez que no se avino a aceptar la vulnerabilidad de su estructura simbólica (vulnerabilidad, por otra parte, puesta en evidencia durante la crisis económica e institucional del 90). Como toda respuesta, este grupo prefirió replegarse no sin exhibir cierta nostalgia y así llegar a regodearse al amparo de un pasado que mantenía intactas sus convicciones individuales. Protagonistas del "éxito" por el que atravesaba el país, buscaron ejemplificar a través del relato de sus vidas aquellos valores que creyeron necesarios para impulsar el ideal de nación al que aspiraban. Dentro de este esquema, la confesión íntima fue deliberadamente excluida del modelo autobiográfico ochentista y predominó, en cambio, la forma conversacional, la apelación al lector y la prosa ágil y amena.

La segunda tendencia, representada por Lucio V. López, Eugenio Cambaceres, Francisco A. Sicardi y Julián Martel, cultivó especialmente la novela, y a la manera de los naturalistas franceses canalizaron su interpretación de la realidad a través de una literatura que también fue instrumento para proponer soluciones. Coincidiendo con el escepticismo político-social que a mediados de la década del 80 empezó a fermentar bajo la euforia del progreso material, esta franja de escritores-*gentlemen* del 80 prefirió denunciar bajo una mirada escrutadora y muchas veces moralista la decadencia o el lujo, la hipocresía y la especulación, indicios que, según juzgaban, presagiaban el momento de la ruina. Cuando por fin la crisis de 1890 llevó al país a un estado de quiebra y catástrofe económicas, la llamada novela del "Ciclo de la Bolsa" desembocó por el camino naturalista en el pesimismo social y en la formulación de la tesis como un medio eficaz de operar sobre la realidad. Invariablemente las obras de Carlos María Ocantos, Julián Martel y

Francisco A. Sicardi analizan el 90 atribuyendo sus causas al inconformismo social, al arribismo basado en especulaciones bursátiles o luchas anarquistas y a la ambición que cunde como epidemia masiva en la conciencia argentina de fines de siglo. Previsiblemente muchos de los personajes principales son la encarnación misma de lo instintivo y actúan obedeciendo impulsos mezquinos y egoístas. En contraste, los rasgos positivos aparecen en aquellas figuras virtuosas que portan el mensaje moral del autor, mensaje que se reduce a dos constantes básicas: perseverancia y trabajo. Para entonces Cambaceres había muerto tuberculoso meses antes del colapso del 90, pero aún así su última novela, *En la sangre* (1887), constituye para muchos un anticipo precoz de la temática clínica de las novelas de la Bolsa.

Eugenio Cambaceres (1843-1889)

"Un físico *a l'avenant*, estatura elevada, formas correctas y marcadas, mirada viva, fisonomía movediza y suelta, capaz de un fuerte parecido en la traducción de todos los arranques del alma. Agréguese a estos diversos elementos de composición, homogéneos, hechos los unos para los otros, una vocación genuina, nutrida por la tendencia más pronunciada a la vida de bohemia y a los placeres que son su base, y se tendrá la tela de todo un cómico. Ese era yo" (*Obras completas* 19-20), tal el autorretrato que Cambaceres ensaya en el prólogo de *Pot-pourri*. De ascendencia francesa, nació en Buenos Aires durante el gobierno de Rosas, pero antes que el escritor en quien García Merou vió al "fundador de la novela nacional moderna"[6] o que Ludmer llama "figura única de la coalición porque constituye su vanguardia ideológica y literaria" (50),[7] Eugenio Cambaceres fue el *dandy* que —lo dice Cané en *Prosa ligera*— "lo tuvo todo: cultura, fortuna, e imagen" (cit. en Ludmer 49).

Como otros miembros de su generación, Cambaceres cursó sus estudios en el Colegio Nacional, y después de graduarse en la Facultad de Derecho con una tesis titulada "Utilidad, valor y precio," ejerció su profesión sólo por un breve período ("Mi excelente madre se empeñaba en hacer de mí un abogado. Amándola con delirio, no me sentí con fuerzas bastantes a contrariar

6   Cambaceres presenta su primera novela como una contribución "a enriquecer la literatura nacional" (1991 79) y García Merou lo reconoce como al "fundador de la novela nacional moderna" (1886 87). Ambas manifestaciones se dan en el marco de reivindicación de la literatura nacional que experimenta un auge visible en los años 80. "La modernización de 1880 —afirma Ludmer— obliga a la adopción, por parte del estado, de una cultura nacional (obliga a la nacionalizacioón de una literatura y a la literaturización de la nación)... que [sea] agente de cohesión para el estado" (43).

7   Ludmer lee a Cambaceres junto a Lucio V. Mansilla: ambos son hijos-herederos de estancieros que hicieron su fortuna bajo el rosismo, ambos "sintetizan en sus vidas esa combinación específica entre lo criollo y lo europeo que es una de las marcas de la 'alta' cultura [argentina]" (51).

su voluntad, sagrada para mí, y estudié derecho" (*Obras Completas* 20).
Repartió luego su vida entre la política, el mundo de la alta sociedad porteña, los frecuentes viajes a la capital francesa y sus actividades de estanciero.
Son justamente estos espacios físicos y espirituales —Buenos Aires, París y
la pampa bonaerense— los que confluirán en su literatura como valiosos tes-
timonios de su experiencia vital.

Sus incursiones en la esfera política no estuvieron tampoco exentas de
escándalo: primero, cuando en 1871 promovió un polémico proyecto de separación de la Iglesia y el Estado (que no fue aprobado) y, luego en 1874 cuando, desde la banca que ocupaba en el Congreso Nacional, denunció los frau-
des electorales que afectaban a su partido, el alsinismo, y que fueron los que
desencadenaron la revolución mitrista del mismo año. Ambos momentos le
valieron el rechazo colectivo y la fama de "ateo, impío y masón" (Blasi 26).
Reelegido en 1876 renunció sin embargo a la diputación "dando la espalda
para siempre a la política local" (Blasi 26). Su ingreso a la literatura (empezó
publicando en 1880 bajo el seudónimo de "Lorenzo Díaz") coincide con este
alejamiento de la política: "Vivo de mis rentas y nada tengo que hacer. Echo
los ojos por matar el tiempo y escribo," confesó en la introducción de su primera novela *Pot-pourri* (1882). Hombre de mundo para quien, como dijo
Viñas, "la literatura no era oficio sino un privilegio de la renta" (1974 100),
Cambaceres es, ante todo, el eco ardiente de un período de intensas transformaciones. Enfrentado a lo que vivió como una peligrosa disgregación de ide-
ales e intereses que afectaban a su clase, este hombre del 80 asumió el compromiso de denunciar los males de la Argentina de su tiempo: "la exhibición
sencilla de las lacras que corrompen el organismo social es el reactivo más
enérgico que contra ellas puede emplearse." Descreído, con la insatisfacción
constitucional que sólo deriva de las vivencias individuales, Cambaceres
comprendió que no podía haber novela sin establecer una relación dinámica
entre personajes y contexto.[8] De esta forma, el comportamiento de sus personajes, ya sean burgueses o inmigrantes advenedizos, denuncian los conflictos
que arraigan en una comunidad de valores en crisis.

Con un escepticismo desengañado, Cambaceres se convierte en testigo
crítico y censor severo de las costumbres porteñas. En aquellos años previos
a la crisis del 90, la "fiebre" de riqueza lo exaspera: "no se oía sino de miles,
de fortunas improvisadas y se citaba el caso de individuos que habían sacado
en horas el vientre de mal año; muchos creían que todo era como jugar con
dados cargados; seguro, fijo, infalible, se compraba en diez para vender en
veinte, todo, lo que se presentaba, lo que caía, con todo se hacía negocio" (*En
la sangre* Cap. xxxvii). Cambaceres se autoimpone la misión de desenmasca-
rar la mentira, los turbios manejos políticos, el arribismo y los peligros de la
sensualidad y del materialismo a los que atribuye no poca responsabilidad en
la corrupción moral del momento. Por este camino, empieza a valorar la vida

---

8   Esta concepción se vincula con el determinismo del medio tal como lo formula Taine:
     "El hombre no puede ser separado de su medio; su vestido, su casa, su pueblo, su pro-
     vincia lo complementan" (citado en García y Panesi 26).

agreste del campo en contraste con el mundo heterogéneo y mundano de los grandes centros urbanos. La parábola que dibuja es clara y va desde *Pot-pourri* donde la ciudad es un espacio aún apto para el lujo y la cultura y el campo representa el "pedazo de tierra más bestialmente monótono que haya inventado Dios...," hasta su novela más celebrada, *Sin rumbo*, donde la pampa aparece decididamente como refugio purificador o como un ámbito de reivindicaciones y libertades individuales.[9]

Pero no es en el antagonismo campo-ciudad sino en el manejo de la lengua escrita donde Cambaceres alcanza acaso el mayor de sus logros literarios: "Para que uno contribuya a enriquecer la literatura nacional —sentenció alguna vez burlonamente— basta tener pluma, tinta, papel y no saber escribir el español; yo reúno discretamente todos estos requisitos..." (*Obras Completas* 15). La capacidad intuitiva de Cambaceres supo captar aquellos giros locales saturados de italianismos o galicismos, y salpicarlos con comparaciones ágiles y voces pintorescas.

Cuatro títulos integran su producción literaria: *Pot-pourri* y *Música sentimental* (1884), reunidos bajo el subtítulo *Silbidos de un vago* y publicados anónimamente, anteceden a sus mejores novelas, *Sin rumbo* (1885) y *En la sangre* (1887). Más allá del escándalo que desencadenaron (o acaso por eso mismo), todas fueron—cada una a su manera—algo así como anómalos aunque no menos estridentes *bestsellers* para su época.

EN LA SANGRE (1887)

Considerando los datos y las fechas precedentes, llama la atención por lo tanto que ya en 1887, es decir, en pleno triunfalismo liberal (dominaba por entonces el liberalismo "a ultranza" practicado por el gobierno de Juárez Celman), el aguzado instinto de conservación de clase de Eugenio Cambaceres haya sido capaz de escribir *En la sangre*.[10] A través de una retórica efectista, la novela de Cambaceres tipifica la desconfianza patricia hacia la inmigración y en tiempos de apoteosis, habla provocativa aunque admonitoriamente, de los espacios históricamente controlados por la oligarquía

---

9   La nostalgia por lo rural emerge con fuerza en los años ochenta y parece darse junto a una idealización del pasado y de las formas premodernas. Este retorno a lo "originario" y a lo "esencial" en Argentina también abre el juego a la demanda por una literatura gauchesca de carácter culto.

10 Tres años antes, en 1884, se había publicado *Inocentes o culpables* de Antonio Argerich, un "estudio social" donde el autor declaraba "oponerse franca y decididamente a la inmigración inferior europea, que reput[aba] desastrosa para los destinos a que legítimamente puede y debe aspirar la República Argentina" (ii). José Dagiore (como Genaro Piazza) es hijo de un inmigrante italiano pobre, avaro e ignorante que, según el narrador, era todo "un cerdo disfrazado de hombre" (13). Pese a las severas críticas que recibió de García Merou ("pertenece al romanticismo del mal. Es una obra fracasada y artificial" [1886 29]), la "novela naturalista" de Argerich es un antecedente solitario (aunque fallido) de *En la sangre*.

como si se tratara de espacios despojados, de ámbitos invadidos por un sentimiento de pérdida irremediable.

Anticipando el éxito de público que habían logrado *Música sentimental* y *Sin rumbo*, los editores se disputaron el manuscrito de la última novela de Cambaceres hasta que finalmente el diario oficialista *Sud-América*[11] adquirió los derechos por $ m/n 5,000. *En la sangre* salió publicada en forma de folletín a partir del lunes 12 de setiembre de 1887 de manera simultánea con *La República* de Montevideo, *El interior* de Córdoba y *El municipio* de Rosario (Frugoni de Fritzsche 37). Una década después de esta publicación y del viraje histórico que significó la crisis del 90, el estereotipo de inmigrante que fraguó Cambaceres circula ya como moneda corriente, primero, en la copiosa "narrativa de la Bolsa" y, luego, en el discurso nacionalista del Centenario.

El argumento de *En la sangre* es lineal y algo redundante acaso porque lo que la novela de Cambaceres quiere hacer es, antes que nada, ofrecerse como un llamado de alerta a su clase o una vía rápida para su enseñanza: Genaro, hijo de inmigrantes italianos, hereda a la muerte de su padre la pequeña fortuna que el napolitano "bruto y avaro" ha logrado amasar como "tachero." Con auxilio del dinero que recibe, da los primeros pasos en la escala social: primero, abandona el conventillo donde nació para mudarse a una casa, y luego, ingresa al colegio donde inicia estudios preparatorios para ir a la Universidad. Todo parece marchar sin graves tropiezos cuando la tragedia se desencadena y ya no se detiene: un antiguo vecino de conventillo al que Genaro quiere ignorar lo llama "tachero" frente a sus compañeros de colegio desenmascarando así un orígen que a sus ojos no hace más que estigmatizarlo. A partir de ese momento, deja de ser Genaro, pasa a ser "el tachero" y el resentimiento (que el texto identifica como tara hereditaria) lo invade: "¡Les había de probar él que, hijo de gringo y todo, valía diez veces más que ellos!" (218). Pero estas aspiraciones de ascenso por medio de la educación se frustran rápidamente después del robo ominoso de la bolilla de examen y de la celebración de un éxito fraudulento que no tarda en transformarse en fracaso. Al final, Genaro abandona la universidad, juzgándola una imposibilidad, y se enfrenta a lo que Cambaceres no deja de repetir a lo largo de la novela: "¡Obraba en él con la imutable fijeza de las eternas leyes, era fatal, inevitable ... estaba en su sangre eso ... le había sido transmitido por herencia, de padre a hijo, como de padres a hijos se transmite el virus venenoso de la sífilis" (228).

Confiando en su talento "instintivo" de simulador, Genaro explora otros caminos: ahora concentra su esfuerzo en ingresar al Club del Progreso y en seducir a Máxima, una joven perteneciente a la oligarquía criolla. Y si bien el Club lo rechaza, logra metafóricamente "meterse por la ventana" de la casa de Máxima a quién viola y con quien termina casándose después de

---

11   Fundado en 1884 para promover la candidatura de Juárez Celman por Lucio V.López, Pellegrini, Gallo, entre otros, el *Sud-América* (que antes había publicado *La gran aldea* en folletín) anunció la salida de *En la sangre* entre marzo y septiembre de 1887 "picando la curiosidad de los lectores" (Cymerman).

dejarla embarazada. El texto no tiene límites en "mostrar" la abyección del trepador: muerto el padre de Máxima, Genaro roba la fortuna de la familia para perderla inmediatamente en juegos de especulación bursátil. Finalmente Máxima enfrenta a Genaro, desenmascara su naturaleza simuladora y la novela termina con los azotes y las amenazas de un hombre fuera de sí porque su mujer se niega a darle el dinero que le pide: "te he de matar un día de estos, si te descuidas!" (263).

Las notas que siguen tratan de dar cuenta del aparato ideológico y retórico que monta *En la sangre*. Por un lado, analizan la novela de Cambaceres como una parábola del repliegue clasista en la que obsesivamente se escenifican los tópicos de la falsificación y la pérdida social y simbólica. Desde esta perspectiva, *En la sangre* no sólo es un mapa que enumera morosamente los distintos espacios expropiados por la capacidad simuladora del hijo de un inmigrante napolitano sino que además el texto representa dichos espacios a partir de una topografía ritualizada por la doble valencia del robo y de la muerte. Por otro lado, se lee la novela como una *paideia* encubierta que Cambaceres dirige a su propia clase. Echando mano al esquema naturalista,[12] presenta a Genaro como heredero "degenerado" de la oligarquía argentina[13] y el efecto anticlimático que debió haber tenido sobre los miembros de su generación[14] cumple una doble función pedagógica: somete a revisión los puntos centrales del mito liberal (esto es, su fe en la inmigración, la educación irrestricta, la relación con Europa, o la igualdad social); y propone, a modo de corrección y reaseguro social, por otro lado, un mito sustituto —aristocratizante y autodefensivo— construido en base a un triple criterio clasista de exclusión, unificación y supervaloración grupal y racial.

El tema del inmigrante no es un tema nuevo en Cambaceres (Viñas 1971 37); lo que sí es nuevo es el tratamiento que merece en *En la sangre* donde se registra un salto cualitativo en relación al que había merecido en novelas anteriores. Para empezar, hay que decir que en la última novela desaparece por completo el humor, una de las características que definían la representación del personaje en sus primeras obras ("Si un hombre de abajo —afirma Viñas— no recibe órdenes ni las espera, entraña un peligro" [1971 39]). Y si en este texto el inmigrante deja de ser objeto de risa es porque ya no ocupa el lugar de subordinación social que ocupaba y pasa —literalmente— a ser un tema serio. En contraste, el inmigrante en *Pot-pourri* (1881) no constituye amenaza alguna: por eso se mueve dentro del espacio regulado y tran-

---

12   Para pensar la apropiación que realiza Cambaceres del modelo naturalista remito a la lectura de Jitrik, Onega, Apter Cragnolino, Foster, Schlickers, Spicer-Escalante, Nouzeilles.

13   La elección del nombre propio del protagonista alude a "genes" pero también a "género," acaso para resaltar la visión doblemente determinista que en lo social y en lo biológico irradia la novela de Cambaceres.

14   David Viñas se refiere al efecto de lectura que tuvieron las novelas de Cambaceres en los siguientes términos: "No es bien recibido; la desconfianza con que lo lee su clase es simétrica de su desdén por el idealismo de inauguraciones y efemérides: 'aguafiestas' le dicen, 'destapa cloacas,' 'ha ido demasiado lejos.' Su brutalidad, su 'poner al desnudo' irrita, pero como en última instancia es un señor que no sólo les recuerda la decrepitud y la muerte sino también el avance de los 'trepadores' terminan por considerarlo un *místico de la fealdad*" (1971 38).

quilizador del criado que actúa como "bufón de la corte." No sólo recibe órdenes de quien debe recibirlas sino que a renglón seguido pasa también a cumplirlas. El espacio burgués no se siente por eso conmocionado y, en esta obra, Tainete, un "gallego" que tampoco tiene ideas propias, reproduce mecánicamente los discursos cínicos del poder, convirtiéndose de esta forma en sujeto y objeto del mismo acto de autoirrisión y desprecio públicos:

—¿Quién eres?

—Una bestia.

—¿De dónde vienes?

—De Galicia, la tierra de bendición donde esos frutos se cosechan por millones.

—¿A dónde vas?

—A darte más de un mal rato, a sacarte pelos blancos, a envenenarte la vida, acaso a matarte a disgustos. (32)[15]

En *Música sentimental* (1884) Cambaceres da un paso más: el narrador comenta con evidente malhumor la impresión que le produce un grupo de inmigrantes vascos que regresa enriquecido a España.[16] En el fragmento, el tono se agria y, comparada con la tipificación jocosa y costumbrista de Tainete, el cambio que manifiesta esta representación es apreciable. En primer lugar, el carácter indiferenciado del colectivo bajo el que Cambaceres representa al inmigrante. También, el tema de la riqueza unido al regreso parece anticipar la relación con el robo al que se asocia el estereotipo del inmigrante en *En la sangre*. Además, y como síntoma que pone en marcha el proceso de repliegue clasista, los ojos de la oligarquía empiezan a ver en el dinero un signo de estatus sospechoso. Por último, el inmigrante de *Música sentimental* está en el puerto, suerte de espacio fronterizo e inestable que el sentido de extrañeza de Cambaceres parece destinar —por ahora aunque no por mucho tiempo más— al inmigrante-polizonte. Finalmente en *Sin rumbo* (1885) la inmigración está borrada de la superficie del enunciado, es lo que el texto escamotea, pero este vacío no es signo de despreocupación sino desempeña una función estructural: es el colectivo-invasor que, desde su clandestinidad, expulsa al "dueño" y lo enajena del "ambiente corrompido de *su* ciudad" (*Obras completas* 182).

Pero hay que llegar a *En la sangre* para completar el valor que es capaz de proyectar el estereotipo del inmigrante. Genaro Piazza, "el hijo del tachero napolitano," ocupa en esta novela el papel protagónico pero, estigmatizado obstinadamente desde la enunciación, se transforma en una suerte de

---

15 Nótese que treinta años después, y recién con la emergencia del sainete criollo, el tópico del inmigrante recupera su primitivo sentido del humor inhibido largamente por la solemnidad seudocientífica del discurso positivista.

16 En el párrafo de *Música sentimental* se lee: "Lotes de pueblo vasco, hacienda cerril atracada por montones, en tropa, al muelle de pasajeros de Buenos Aires, diez o quince años antes, con un atado de trapos de coco azul sobre los hombros y zapatos de herraduras en los pies. Lecheros, horneros, ovejeros, transformados con la vuelta de los tiempos y la ayuda paciente y resignada de una labor bestial, en caballeros capitalistas que se vuelven a sus tierras pagándose pasajes de primera para ellos y sus crías, pero siempre tan groseros y tan bárbaros como Dios los echó al mundo" (95).

foco infeccioso del relato. Como si se tratara de un ejercicio autoimpuesto, el texto de Cambaceres no hace nada por ocultar la repulsión que le produce su objeto mientras da los toques definitivos para completar la construcción efectiva de "el gringo inmigrante de 1887: [ya] sus 'entradas' no son apariciones que soporten la pertinente brusquedad del 'mozo de servicio' que entra tropezando con la alfombra y hace reír, es el *trepador* o el *invasor*" (Viñas 38). Tal tipificación no sólo será funcional a la paranoia de la élite ochentista sino que ofrecerá también una formulación adecuada a los mismos prejuicios ideológicos que emergerán reforzados en los discursos nacionalistas de principios del siglo XX.

Además, el estereotipo cambacereano del inmigrante no resulta ser simplemente una trasposición del modelo del "trepador social" propuesto por la literatura decimonónica europea —pienso, por ejemplo, en Rastignac de *Père Goriot* o en Jean Valjean de *Les miserables*. La versión criolla del arribista es más compleja: el tópico del trepador se inscribe sobre el tipo del avaro al que a su vez se suma un componente necesario de incultura (que en la novela aparece aludida bajo la forma de la superstición que satura el capítulo XIII). En efecto, como señala Gladys Onega, "la categoría étnica rotulada por Cambaceres *el italiano,* significa no sólo pertenencia a una nacionalidad, sino sobre todo, *avaricia, ignorancia, atraso y brutalidad*; pero estos atributos se magnifican y adquieren mayor potencia por el uso de otros sustantivos de evidente significación peyorativa tales como *gringos, nápole, bachicha*, o los que se refieren a otros grupos: *las chinas, el mulato, el gallego*" (98).[17]

Aprovechando los postulados naturalistas, *En la sangre* parece legitimar su valor de verdad —la novela se autorrotula "Estudio"— demostrando que los ascensos sociales protagonizados por Genaro son ascensos basados en procesos sistemáticos de falsificación. Esta es la verdad que la novela aspira enseñar. Y, se sabe, la redundancia es el recurso principal del discurso pedagógico: todo necesita ser aclarado, explicado, mostrado hasta el cansancio para evitar cualquier tipo de ambigüedad. Se diría que Cambaceres quiere enseñar a reconocer "lo falso social," y de ahí el didactismo de la novela gira alrededor del sentido ejemplar que alcanza la anagnórisis final de Máxima, un final que funciona como resultado y garantía de este viaje vistosamente redudante que es la novela de Cambaceres definida como proceso de aprendizaje sin misterios:

> —Se acabaron ya esos tiempos… he aprendido, me has enseñado por mi mal a conocerte y sé quién eres. No esperes llegar a persuadirme con embustes y nuevos artificios, ni que me deje yo ablandar ahora como antes, por esos aires de hipócrita que afectas, ¡farsante, cínico! (Cap. XLIII)

---

17   Gladys Onega también cita a G. W. Allport. El fragmento resulta suficientemente explicativo como para reproducirlo en esta nota al pie: "En la esfera étnica, rótulos tan simples como los de negro, italiano, judío… pueden tener cierto matiz emocional porque son rótulos aplicados a grupos que se consideran apartados de la norma, especialmente en las culturas donde se valora la homogeneidad el nombre de *cualquier* tipo que se desvía de ella lleva consigo *ipso facto* un juicio de valor negativo" (98).

La facultad mimética/falsificadora de Genaro explica parte del éxito de su ascenso social ("Astuto como un zorro, atraviesa todas las clases sociales desde el conventillo donde nació hasta la estancia de su mujer Máxima" [Ludmer 81-2]). La otra parte —y he aquí la carga aleccionadora de *En la sangre*— la explica el descuido, la confianza, la ingenuidad y, sobre todo, la "apertura" desplegadas por los representantes de la oligarquía en la novela: "Ha sido usted un gran canalla, mocito, y yo... yo un gran culpable," le dice el padre de Máxima a Genaro cuando accede a que la hija se case con su "violador" (Cap. XXXIV).

El afán admonitorio del texto trabaja insistentemente con la repetición y la redundancia tratando de saturar los espacios narrativos con la mayor cantidad posible de sentidos que la estafa o la simulación[18] son capaces de asumir. No sólo denuncia el poder histriónico y simulador de Genaro, sino que llega incluso a escenificarlo y a sobreactuarlo. Todas las escenas asociadas con los ascensos sociales que protagoniza el advenedizo están cargadas de exceso teatral. La proyección simbólica de esta teatralidad parece lograr dos cosas: pone en evidencia el proceso de falsificación[19] y refrenda el carácter artificial y postizo que proyecta la escena y que queda aludido por la presencia que tienen en el texto las máscaras, los disfraces y el baile de carnaval. En este sentido, resulta sintomático que la seducción y la violación de Máxima —los resortes más eficaces y meteóricos en la pirámide total de ascensos de Genaro, fueron consumadas en el teatro Colón durante carnavales, con la orquesta ejecutando el Fausto de fondo.

La doble faz, las dos caras del "tachero' —"no todo lo que reluce es oro" parece aleccionar el sobrenombre que Cambaceres elige para su protagonista— estaría justificando asimismo el uso técnico y el abuso ideológico que el texto hace del discurso indirecto libre.[20] Desde la enunciación, *En la sangre* persiste en profundizar los efectos discursivos del fraude (mostrando que una cosa es lo que Genaro dice y otra diferente es la que piensa). Y al mismo tiempo ofrece la primicia de transmitir al lector los pensamientos del advenedizo como si estuviera asistiendo a una suerte de teatro entre bambalinas. Estos espacios controlados del discurso que son espacios donde se cita la palabra del "otro" sin darle, como dice Ludmer, el privilegio (o la cercanía) del yo, aparecen provocativamente saturados de frases hechas, lugares

---

18   En la época, tanto el discurso médico como el discurso criminal aspiraron a identificar a simuladores como Genaro que evadían la acción judicial. Nouzeilles afirma sin embargo que "Cambaceres se adelanta a la teoría médica argentina" (237). Los tratados más conocidos sobre el tema (me refiero a *La simulación de la locura* (1900) de José Ingenieros y a *Los simuladores de talento en las luchas por la personalidad y la vida* (1904) de Ramos Mejía) son posteriores a la representación que hace de Genaro en *En la sangre*.

19   Ludmer considera la simulación como un "delito de la verdad" donde tiene lugar una disputa sobre la representación (123). Por otro lado, Baudrillard dice que "disimular es fingir no tener lo que se tiene y similar es fingir tener lo que no se tiene" (12).

20   Por medio del discurso indirecto libre el narrador transmite al lector los enunciados del personaje conservando los indicadores temporales, locales, sintácticos y dialectales pertenecientes a la tercera persona. Es, dirá Ludmer, la narración que se mete "en otros yoes sin darles el yo" (58): "un narrador penetra en un otro (un 'él' opuesto a 'ellos' o a 'nosotros'), abre esa interioridad (en estilo indirecto libre, sin darle el yo), le da una identidad, y pone como su límite el delito y la ley" (79).

comunes, modismos cristalizados y refranes. Se diría que —prolongando uno de los componentes tópicos presentes ya en Tainete— Cambaceres niega a Genaro la capacidad de pensar. Esta hipótesis parece confirmarse en el capítulo XV cuando, ante la insistencia de sus compañeros de estudio, Genaro decide "actuar de borracho" porque es incapaz de articular una sola palabra coherente en público. El estigma que aleja a Genaro de toda racionalidad viene a reforzar también la dominante iluminista que controla la novela y divide su campo semántico en signos del cuerpo (u otro-inmigrante), por un lado, y signos del espíritu (o yo-oligarquía), por otro.

Más arriba se habló del efecto de repliegue que parece aconsejar Cambaceres al escribir la novela como una parábola clasista de la pérdida y del robo en pleno período de extroversión liberal.[21] No otro sentido parecerían tener las imágenes fúnebres que aparecen recargando las zonas de duelo que acompañan simbólicamente los actos de usurpación protagonizados por el tachero. Piénsese en la procesión de miradas lúgubres que asisten al robo de la bolilla del examen en el capítulo XIII, o en la imagen del solar paterno enlutado que la elocuencia del texto dirige a la burguesía en el capítulo XXXIII:

> Le pareció como si recibiese al pasar una impresión de luto, como si respirase una atmósfera de muerte, como un sepulcro mudo, helado, la casa.

No mezclarse, cerrar puertas y ventanas, sacralizar los enunciados y los espacios del poder: la novela de Cambaceres termina siendo, después de todo, una estridente *paideia* que trata de sacudir la modorra de una élite halagada y adormecida por los logros modernizadores del roquismo. Para ello, Cambaceres apela al modelo naturalista y convierte a un advenedizo con mucho de "rastaquoere"[22] en heredero de la rancia oligarquía argentina. El efecto anticlimático que probablemente se propone lograr cumple sin duda una doble función didáctica. Por un lado, obliga a revisar los principios fundamentales del modelo liberal, principios que, según denuncia la novela, prueban ser de tal liberalidad que terminan condenando a la clase dominante a la autodestrucción. *En la sangre* recurre para esto al topos de la puerta abierta: porteros que no cuidan entradas, que dejan las puertas abiertas, exámenes que no evalúan lo esencial, padres demasiado confiados en la buena fe de la gente y familiares bien intencionados pero impotentes... La novela habla con demasiada insistencia de esos "descuidos" de clase que son

---

21 En este punto vale la pena citar a Arnold Hauser: "Para juzgar rectamente, se debe establecer una diferencia estricta entre la actitud emocional de las distintas clases sociales para con el presente y para con el futuro. Las clases emergentes, aunque tampoco juzguen al presente de modo tan pesimista, en lo que concierne al futuro confían plenamente. Las clases dominantes, por el contrario, a pesar de todo su poder y dominio están poseídas con frecuencia por el sentimiento angustioso de su ruina inminente" (1982, 100).

22 El "rastaquouere" es la caricatura kitsch del *dandy* ochentista. Jitrik lo describe en estos términos: "esta gente, no escasa, se apropiaba de las formas con que el extraordinario grupo que rodeaba a Roca vivía; remedaban lo exterior y dilapidaban fortunas ya sea en viajes mal aprovechados a París, de pura ostentación, ya sea en la construcción y habitación de palacios en los que se atropellaban las estatuas y los objetos cuya belleza no se comprende" (1970, 104).

los que "accidentalmente" permiten el ascenso social de Genaro. O, lo que es lo mismo, de la facilidad con la que ingresa a "espacios sagrados" como la Universidad, el teatro Colón, o el casamiento con Máxima que le abre las puertas a un nombre, a tierras y a una fortuna de sólida tradición criolla.

De modo que si, por un lado, la novela de Cambaceres cuestiona el modelo vigente de ortodoxia liberal, por otro —y a modo de corrección y reaseguro social— *En la sangre* también echa las bases de un mito sustituto, aristocratizante y audefensivo, construido sobre el triple pilar de la exclusión, la homogeneidad y la autovaloración grupal y racial. Como tantas otras novelas decimonónicas, la "solución endogámica" que propone *En la sangre* no puede hoy sorprender ni parecernos excepcional. Al contrario, es posible decir que más o menos al mismo tiempo y como un gesto reincidente, el discurso liberal latinoamericano denunció en los "otros" la tendencia disfracista y se dispuso a reciclar los viejos principios liberales dentro de nuevos moldes positivistas. De la misma manera, y auxiliada por la trilogía experimental del medio, la herencia y la raza, la novela de Cambaceres reformula el discurso liberal argentino en base a una mitología seudocientífica que defiende la pureza, la excelencia y la inmovilidad social.[23]

Y si este repliegue clasista no sorprende, lo que sin embargo hoy sigue llamando la atención es la puntería más o menos prematura[24] con la que Cambaceres definió las marcas específicas de un estereotipo que en la historia de la literatura argentina gozará de buena salud hasta bien entrado el siglo XX. Un estereotipo que, para más datos y pasada ya "la primavera liberal del 80," no tardó en ser adoptado por otros hombres de la misma generación cuando pudieron comprobar de primera mano el poder de convicción de aquellas advertencias cambacereanas a las que, en su momento, habían juzgado estridentes cuando no decididamente extemporáneas.[25]

María Eugenia Mudrovcic
2006

---

23   Nouzeilles va más lejos al sostener que "*En la sangre* parte de una definición étnica de la nación según la cual los límites políticos coinciden con el círculo de la familia criolla tradicional; y según esta definición, la nacionalidad se 'hereda[ría]'" (219).

24   Schlickers fecha hacia 1898 el momento en el que la oligarquía argentina fue capaz de articular su xenofobia de manera más o menos orgánica (62).

25   Confróntese, por ejemplo, la concepción de repliegue propuesta por la última novela de Cambaceres con la posición exasperadamente aristocrática de este fragmento extraído de *Cepa criolla*, un texto escrito en 1903 por Miguel Cané, compañero generacional de Cambaceres y mentor del proyecto original de la ley de residencia: "Mira, nuestro deber sagrado, primero, arriba de todos es defender nuestras mujeres contra la invasión tosca del mundo heterogéneo, cosmopolita, híbrido, cómodo y peligroso" (124).

OBRAS CITADAS

Argerich, Antonio. *Inocentes o culpables*. Buenos Aires: Imprenta de Courrier de la Plata, 1884.

Apter Cragnolino, Aída. "Ortodoxia naturalista, inmigración y racismo en *En la sangre* de Eugenio Cambaceres." *Cuadernos Americanos* 3.14 (1989): 46-55.

Baudrillard, Jean. *Simulacres et simulation*. Paris: Galilée, 1981.

Blasi, Alberto. *Los fundadores (Cambaceres, Martel, Sicardi)*. Buenos Aires: Ediciones Culturales Argentinas, 1962.

Botana, Natalio. *El orden conservador (La política argentina entre 1880 y 1916)*. Buenos Aires: Sudamericana, 1977.

Cambaceres, Eugenio. *Obras completas*. Santa Fe; Editorial Castelví, 1956.

Cané, Miguel. *De cepa criolla*. Buenos Aires: Casa Vacaro, s.f.

Cymerman, Claude. *Eugenio Cambaceres por él mismo*. BuenosAires: Instituto de Literatura Argentina, 1971.

Ferrari, Gustavo y Ezequiel Gallo (eds.). *La Argentina del ochenta al centenario*. Buenos Aires: Sudamericana, 1980.

Foster, David William. *The Argentine Generation of 1880: Ideology and Cultural Texts*. Columbia, Missouri: U of Missouri P, 1990.

Frugoni de Fritzsche, Teresita. Resúmenes históricos, biográficos y literarios; notas explicativas; bibliografía; juicios sobre el autor y sus obras, y temas de estudio. *Sin rumbo* de Eugenio Cambaceres. Buenos Aires: Plus Ultra, 1980.

García, Susana y Jorge Panesi. "Introducción, notas y propuestas de trabajo." *En la sangre* de Eugenio Cambaceres. Buenos Aires: Ediciones Colihue, 1980.

García Merou, Martín. *Libros y autores*. Buenos Aires: Lajouane, 1886.

Hauser, Arnold. *Historia social de la literatura y el arte*. Barcelona: Labor, 1982.

Jitrik, Noé. *Ensayos y estudios de la literatura argentina*. Buenos Aires: Galerna, 1970.

————. *La memoria compartida*. Buenos Aires: Centro Editor de América Latina, 1980.

————. *El mundo del 80*. Buenos Aires: Centro Editor de América Latina, 1982.

Ludmer, Josefina. *El cuerpo del delito. Un manual*. Buenos Aires: Perfil, 1999.

Luna, Félix. *La cultura desde la Independencia hasta el Centenario*. Buenos Aires: Planeta, 1998.

Maeder, Ernesto J.A. "Población e inmigración en la Argentina." *La Argentina del ochenta al centenario*. Eds. Ferrari, Gustavo y Ezequiel Gallo. Buenos Aires: Sudamericana, 1980. 555-73.

Nouzeilles, María Gabriela. *Ficciones somáticas. Naturalismo, nacionalismo y poíticas médicas del cuerpo (Argentina 1880-1910)*. Rosario: Beatriz Viterbo, 2000.

Onega, Gladys. *La inmigración en la literatura argentina (1880-1910)*. Santa Fe: Universidad Nacional del Litoral, 1965.

Prieto, Adolfo. "La generación del 80: las ideas y el ensayo." *Capítulo 19*. Buenos Aires: Centro Editor de América Latina, 1967.

————. "La generación del 80: La imaginación." *Capítulo 20*. Buenos Aires: Centro Editor de Ameerica Latina, 1967.

Ramírez, Oscar M. "Oligarquía y novela folletín: *En la sangre* de Eugenio Cambaceres." *Ideologies and Literature* 4 (1979) : 249-69.

Schlickers, Sabine. *El lado oscuro de la modernización. Estudios sobre la novela naturalista hispanoamericana*. Frankfurt: Vervuert Verlag, 2003.

Spicer-Escalante, J.P. "Civilización y barbarie: Naturalism's Paradigms of Self and Nationhood in Eugenio Cambaceres' *Sin rumbo* (1885)." *Excavatio* 13 (2000): 299-309.

Viñas, David. *De Sarmiento a Cortázar*. Buenos Aires: Siglo Veinte, 1971.

————. *Literatura argentina y realidad política*. Buenos Aires: Centro Editor de América Latina, 1982.

EN LA SANGRE

– I –

De cabeza grande, de facciones chatas, ganchuda la nariz, saliente el labio inferior, en la expresión aviesa de sus ojos chicos y sumidos, una rapacidad de buitre se acusaba.

Llevaba un traje raído de pana[1] gris, un sombrero redondo de alas anchas, un aro de oro en la oreja;[2] la doble suela claveteada de sus zapatos marcaba el ritmo de su andar pesado y trabajoso sobre las piedras desiguales de la calle.

De vez en cuando, lentamente paseaba la mirada en torno suyo, daba un golpe –uno solo– al llamador de alguna puerta y, encorvado bajo el peso de la carga que soportaban sus hombros: «tachero»... gritaba con voz gangosa,[3] «¿componi calderi, tachi, siñora?»[4]

Un momento, alargando el cuello, hundía la vista en el zaguán. Continuaba luego su camino entre ruidos de latón y fierro viejo. Había en su paso una resignación de buey.

Alguna mulata zarrapastrosa,[5] desgreñada,[6] solía asomar; lo chistaba,[7] regateaba,[8] porfiaba, «alegaba», acababa por ajustarse con él.

Poco a poco, en su lucha tenaz y paciente por vivir, llegó así hasta el extremo Sud de la ciudad penetró a una casa de la calle San Juan entre Bolívar y Defensa.

Dos hileras de cuartos de pared de tabla y techo de cinc, semejantes a los nichos de algún inmenso palomar, bordeaban el patio angosto y largo.

Acá y allá entre las basuras del suelo, inmundo, ardía el fuego de un brasero,

---

1 *Pana*: tela gruesa semejante al terciopelo.
2 *Aro de oro en la oreja*: se trata de una costumbre que identifica al pesonaje como napolitano.
3 *Gangosa*: que habla con resonancias nasales.
4 *¿componi calderi...?*: cocoliche, lenguaje literario que representa el habla de los inmigrantes italianos.
5 *Zarrapastrosa*: forma corriente en Argentina *zaparrastrosa*: sucia, desaliñada, andrajosa.
6 *Desgreñada*: despeinada.
7 *Chistar*: llamaba con un ¡chis!
8 *Regatear*: discutir entre vendedor y comprador el precio de algo.

humeaba una olla, chirriaba la grasa de una sartén, mientras bajo el ambiente abrasador de un sol de enero, numerosos grupos de vecinos se formaban, alegres, chacotones[9] los hombres, las mujeres azoradas, cuchicheando.[10]

Algo insólito, anormal, parecía alterar la calma, la tranquila animalidad de aquel humano hacinamiento.

Sin reparar en los otros, sin hacer alto en nada por su parte, el italiano cabizbajo se dirigía hacia el fondo, cuando una voz interpelándolo:

—Va a encontrarse con novedades en su casa, don Esteban.

—¿Cosa dice?

—Su esposa está algo indispuesta.

Limitándose a alzarse de hombros él, con toda calma siguió andando, caminó hasta dar con la hoja entornada de una puerta, la penúltima a la izquierda.

Un grito salió, se oyó, repercutió seguido de otros atroces, desgarradores al abrirla.

—¿Sta inferma vos? –hizo el tachero avanzando hacia la única cama de la pieza, donde una mujer gemía arqueada de dolor:

—¡Madonna, Madonna Santa...! –atinaba tan sólo a repetir ella, mientras gruesa, madura, majestuosa, un velo negro de encaje en la cabeza, un prendedor enorme en el cuello y aros y cadena y anillos de *doublé*,[11] muchos en los dedos, hallábase de pie junto al catre la partera.

Se había inclinado, se había arremangado un brazo, el derecho, hasta el codo; manteníalo introducido entre las sábanas; como quien reza letanías, prodigaba palabras de consuelo a la paciente, maternalmente la exhortaba: «¡Coraque Duña maría, ya viene lanquelito, é lúrtimo... coraque!...»

Mudo y como ajeno al cuadro que presenciaban sus ojos, dejose estar el hombre, inmóvil un instante.

Luego, arrugando el entrecejo y barbotando[12] una blasfemia,[13] volvió la espalda, echó mano de una caja de herramientas, alzó un banco y, sentado junto a la puerta, afuera, púsose a trabajar tranquilamente, dió comienzo a cambiar el fondo roto de un balde.

Sofocados por el choque incesante del martillo, los ayes de la parturienta se sucedían, sin embargo, más frecuentes, más terribles cada vez.

Como un eco perdido, alcanzábase a percibir la voz de la partera infundiéndole valor:

E lúrtimo... coraque!...

La animación crecía en los grupos de inquilinos; las mujeres, alborotadas, se indignaban; entre ternos[14] y groseras risotadas, estallaban los comentarios soeces[15] de los hombres.

El tachero entretanto, imperturbable, seguía golpeando.

---

9   *Chacotones*: argentinismo, alegres.
10 *Cuchicheando*: hablando en voz baja.
11 *Doublé*: galicismo, enchapado en oro o plata, de poco valor.
12 *Barbotando*: masculando.
13 *Blasfemia*: injuria o irreverencia contra Dios.
14 *Ternos*: juramentos.
15 *Soeces*: ofensivos, groseros.

– II –

Así nació, llamáronle Genaro y haraposo y raquítico, con la marca de la anemia en el semblante, con esa palidez amarillenta de las criaturas mal comidas, creció hasta cumplir cinco años.

De par en par abrióle el padre las puertas un buen día. Había llegado el momento de serle cobrada con réditos su crianza, el pecho escrofuloso[16] de su madre, su ración en el bodrio[17] cotidiano.

Y empezó entonces para Genaro la vida andariega del pilluelo, la existencia errante, sin freno ni control, del muchacho callejero, avezado, hecho desde chico a toda la perversión baja y brutal del medio en que se educa.

Eran, al amanecer, las idas a los mercados, las largas estadías en las esquinas, las changas,[18] la canasta llevada a domicilio, la estrecha intimidad con los puesteros, el peso de fruta o de *fatura*[19] ganado en el encierro de la trastienda.

El zaguán, más tarde, los patios de las imprentas, el vicio fomentado, prohijado por el ocio, el cigarro, el hoyo,[20] la rayuela y los montones de cobre, el naipe roñoso, el truco en los rincones.

Era, en las afueras de los teatros, de noche, el comercio de contra–señas[21] y de puchos.[22] Toda una cuadrilla organizada, disciplinada, estacionaba a las puertas del Colón,[23] con sus leyes, sus reglas, su jefe; un mulatillo de trece

---

16   *Escrofuloso*: que sufre tuberculosis en los ganglios linfáticos.
17   *Bodrio*: comida hecha de sobras, guiso pobre .
18   *Changas*: trabajo de poca importancia, sin continuidad, con el que se gana poco dinero.
19   *Fatura* por factura: resultado de faenar o hacer factura al animal.
20   *El hojo*: juego infantil que consiste en tirar bolitas o monedas tratando de meterlas en un agujero.
21   *Contra-señas*: tarjetas que se entregan en los teatros durante los entreactos.
22   *Puchos*: lunfardo, colillas del cigarro.
23   *Colón*: teatro ubicado en Rivadavia y Reconquista. En 1856 el ingeniero Pellegrini construyó el Colón sobre las ruinas del antiguo "Coliseo de Buenos Aires." En 1887 una ley del Congreso expropió el edificio y lo convirtió en la sede del Banco Nacional. El actual teatro Colón se inauguró en 1908.

años, reflexivo y maduro como un hombre, cínico y depravado como un viejo.

Bravo y leal, por otra parte, dispuesto siempre a ser el primero en afrontar el peligro, a dar la cara por uno de los suyos, a no cejar ni aun ante el machete del agente policial, el pardo[24] Andinas ejercía sobre los otros toda la omnipotente influencia de un caudillo, todo el dominio absoluto y ciego de un amo.

Tarde en las noches de función, llegado el último entreacto, a una palabra de orden del jefe, dispersábase la banda, abandonaba el vestíbulo desierto del teatro, por grupos replegada a sus guaridas: las toscas del bajo,[25] los bancos del «Paseo de Julio»,[26] las paredes solitarias de algún edificio en construcción, donde celebraba sus juntas misteriosas.

Bajo el tutelaje patriarcal de Andinas, allí, en ronda todos, cruzados de piernas, operábase el reparto de las ganancias, la distribución del lucro diario: su cuota, su porción a cada cual según su edad y su importancia, el valor de los servicios prestados a la pandilla.

Las «comilonas», los «convites», a la luz apagadiza de un cabo de vela de sebo venían luego, el rollo de salchichón, la libra de pasas, la de nueces, el frasco de caña, la cena pagada a escote,[27] robada acaso, *soliviada*[28] del mostrador de un almacén en horas aciagas de escasez.

Como murciélagos que ganan el refugio de sus nichos, a dormir, a jugar, antes que acabara el sueño por rendirlos, tirábanse en fin acá y allá, por los rincones. Jugaban a los hombres y las mujeres; hacían de ellos los más grandes, de ellas los más pequeños, y, como en un manto de vergüenza, envueltos entre tinieblas, contagiados por el veneno del vicio hasta lo íntimo del alma, de a dos por el suelo, revolcándose se ensayaban en imitar el ejemplo de sus padres, parodiaban las escenas de los cuartos redondos de conventillo con todos los secretos refinamientos de una precoz y ya profunda corrupción.

---

24   *Pardo*: mulato.
25   *Toscas*: piedra caliza porosa que suele encontrarse en las orillas de ríos y lagunas.
26   *Paseo de Julio*: actual Avenida Leandro N. Alem.
27   *A escote*: pagar un gasto en partes proporcionales.
28   *Soliviada*: hurtada en un momento de descuido.

– III –

La situación entretanto mejoraba en la calle de San Juan. Consagrado sin cesar, noche y día, a su mezquino tráfico ambulante, con el inquebrantable tesón de la idea fija, continuaba arrastrando el padre una existencia de privaciones y miserias.

Lavaba la madre, débil y enferma, de sol a sol, no obstante pasaba sus días en el bajo de la Residencia.[29]

Genaro por su parte, bajo pena de arrostrar[30] las iras formidables del primero, solía entregarle el fruto de sus correrías, de vez en cuando llevaba él también su pequeño contingente destinado a aumentar el caudal de la familia.

Arrojado a tierra desde la cubierta del vapor sin otro capital que su codicia y sus dos brazos, y ahorrando así sobre el techo, el vestido, el alimento, viviendo apenas para no morirse de hambre, como esos perros sin dueño que merodean de puerta en puerta en las basuras de las casas, llegó el tachero a redondear una corta cantidad.

Iba a poder con ella realizar el sueño que de tiempo atrás acariciaba: abrir casa, establecerse, tener una clientela, contar con un número fijo de *marchantes*;[31] la ganancia de ese modo debía crecer, centuplicar, era seguro... ¡Oh! ¡sería rico él, lo sería!

Y deslumbrado por la perspectiva mágica del oro, hacíase la ilusión de verse ya en el Banco mes a mes, yendo a cambiar el rollo de billetes que llevara fajado en la cintura por la codiciada libreta de depósito.

Uno a uno recorrió los barrios del Sud de la ciudad,[32] observó, pensó, estudió, buscó un punto conveniente, alejado de toda adversa concurrencia; re-

---

29 *El bajo de la Residencia*: zona de Barracas que limita con el río donde se agrupaban las lavanderas.
30 *Arrostrar*: enfrentar.
31 *Marchantes*: andalucismo, clientes.
32 *Barrios del Sud*: después de la epidemia de fiebre amarilla que se desencadenó durante la presidencia de Sarmiento (1871), las familias con recursos se mudaron al Norte y la zona Sur quedó habitada por sectores urbanos pobres a los que luego se sumaron muchos contingentes de inmigrantes.

solviose finalmente, después de largos meses de labor y de paciencia, a alquilar un casucho que formaba esquina en las calles de Europa[33] y Buen Orden[34] el que, previa una adecuada instalación, fue bautizado por él en letras verdes y rojas, sobre fondo blanco, con el pomposo nombre de GRAN HOJALATERÍA DEL VESUBIO.

No debían salirle errados sus cálculos, parecía la suerte complacerse en ayudarlo, y, a favor del incremento cada día mayor que adquiriera la población hacia esos lados, consiguió el napolitano acumular, andando el tiempo, beneficios relativamente enormes.

Fiel a la línea de conducta que se había trazado, no alteró por eso en lo mínimo su régimen de vida. La misma estrechez, la misma sórdida avaricia reinaba en el manejo de la casa. Las sevicias,[35] los golpes, los azotes a su hijo siempre que tenía éste la desgracia de volver con los bolsillos vacíos; los insultos, los tratamientos brutales en la persona de su mujer, condenada a sobrellevar el peso de tareas que su salud vacilante le hacía inepta a resistir.

Y eran, en presencia de alguna tímida y humilde reflexión, de alguna sombra de contrariedad o resistencia, los torpes y groseros estallidos, los juramentos soeces, las blasfemias, semejantes al gato que se encrespa y manotea al solo amago de verse arrebatar la presa que tiene entre las uñas.

Ella, sin embargo, mansamente resignada en todo lo que a su propia suerte se refería, luchaba, se rebelaba tratándose de su hijo; con esa clara intuición que comunican los secretos instintos del amor materno, día a día encarecía la necesidad de un cambio en la vida de Genaro, solicitaba, reclamaba del padre que el niño se educara, que fuese enviado a una escuela.

¿Qué iba a ser de él, qué porvenir la suerte le deparaba, abandonado así a su solo arbitrio[36]?

Pero la escuela costaba, era indispensable entrar en gastos, comprar ropa, libros. Luego, yendo a la escuela, perdería el muchacho su tiempo, dejaría de hacer su día, de ganar su pan y todo ¿con qué miras, a objeto de qué?... ¿de saber leer y escribir?

«¡Bah!...», refunfuñaba con una mueca de desprecio el napolitano, nadie le había enseñado esas cosas a él... ¡ni maldita la falta que le habían hecho jamás!...

Nada, nada, que siguiera así, como iba, como hasta entonces, buscándose la vida, changando y vendiendo diarios, algo era algo...

Después, en todo caso, siendo grande, más grande ya, vería, lo conchabaría,[37] lo haría entrar de aprendiz de algún oficio...

Resuelta por su parte a no ceder, obstinada ella también y segura de la obediencia de Genaro, cuya complicidad, a fuerza de caricias, de halagos y promesas, había sabido conquistarse, imaginó la madre ejecutar su plan ocultamente. Ella, ella sola, sin el auxilio de nadie...

---

33   *Calle de Europa*: actual calle Carlos Calvo.
34   *Calle del Buen Orden*: actual calle Bernardo de Irigoyen.
35   *Sevicias*: maltratos, abusos.
36   *Arbitrio*: poder de decisión.
37   *Conchabar*: amér., asalariar, contratar a alguno para un servicio de orden inferior, generalmente doméstico.

Y, a trueque de acelerar los progresos del mal que lentamente la consumía, atareada, recargada de trabajo más aún, pudo reunir al fin una pequeña suma, subvenir a los primeros gastos, comprar traje, sombrero, botines para su hijo.

Lo haría salir vestido, sin que lo viese el padre, de noche, por el zaguán. Había una escuela a la vuelta: allí lo pondría al muchacho.

– IV –

Tenía diez años de edad Genaro, cuando, determinando un cambio profundo en su existencia, un acontecimiento imprevisto se produjo.

Pidiendo a gritos auxilio, una mañana su madre corrió a abrir la puerta de calle. Debía haber muerto el marido, había querido ella despertarlo, lo había llamado, lo había tocado, no contestaba, estaba frío.

Deshecha en llanto y suplicante, pedía que entraran, que viesen, que le dijesen; con palabras entrecortadas, con frases incoherentes, encomendábase al favor de Dios y de la Virgen, oprimiéndose la frente entre ambas manos, erraba como alelada,[38] desatinada[39] iba y venía.

Varios que en ese instante acertaban a pasar, otras personas del barrio se agruparon: el almacenero de enfrente, el colchonero de la acera, el negro vigilante, el changador de la esquina y todos en tropel penetraron a la casa.

Como si hubiese intentado arrastrarse de barriga, la cara de lado, encogido y duro, estaba el napolitano tirado sobre su catre de lona.

Una baba espumosa y negra brotaba de sus labios contraídos por el rictus[40] de la muerte, chorreaba a lo largo de su barba. Había metido el brazo debajo de la almohada, sacaba la mano más allá, tenía, en la crispatura[41] de sus dedos, apretada la llave del cajón del mostrador. Una punta de la sábana enredada entre las piernas del difunto, colgaba por un costado hasta rozar el piso de ladrillos.

En un ángulo del suelo, sobre un colchón, dormía Genaro.

Arrancado al sueño que lo embargaba, a ese sueño sin sueños de la infancia, lentamente desperezándose, restregóse los ojos, se incorporó.

Aturdido, embotado aún su cerebro, paseaba en torno suyo una mirada

---

38   *Alelada*: atontada.
39   *Desatinada*: desorientada.
40   *Rictus*: contracción.
41   *Crispatura*: efecto de crispar.

estúpida de asombro. ¿Qué significaba la presencia de aquella gente, de dónde habían salido, por qué estaban allí, qué hacían en su casa todos esos?

Acababa de desprenderse de los otros un intruso, habíase acercado al muerto y curioso, entrometido, lo palpaba, lo movía:

—¡Al ñudo[42] es que lo sacuda... no, no... no va a comer más pan ése! —meneando la cabeza declaró en tono sentencioso el moreno vigilante.

Dió un grito Genaro entonces, un grito agudo al comprender, y soltó el llanto.

Varios de los presentes, compadecidos, interesándose por él, quisieron llevárselo de allí, suavemente lo alejaron con palabras de consuelo, sacáronlo al patio de la casa, donde cayó desesperado en los brazos de la madre.

Pero, poco a poco, otros agentes acudían, un Comisario llegó, luego un médico.

Examinó éste el cadáver, apenas, de lejos, un instante; pidió pluma y papel e informó que se trataba de un caso de vicio orgánico.

Se hacía, entretanto, necesario proceder a las diligencias y trámites del caso. De entre los vecinos se ofrecieron, llegando a comedirse; el dueño del almacén se encargó de la partida, el colchonero del fúnebre y del cajón, mientras rodeada de sus conocidas, ocupábase en vestir el cuerpo la viuda, silenciosamente, con esa mansa conformidad de la gente que no piensa y en quien el alma, incapaz de encontrar un solo grito de sublevación o de protesta, enmudece en presencia del dolor, como un resorte mohoso.

Al caer la noche, sin embargo, eran enviados los aparatos mortuorios a la casa: un cajón de forro de coco, un manto de merino galoneado, cuatro hachones[43] en cuatro enormes candeleros abollados a golpes, cobrizos, desplateados.

Los amigos del muerto habíanse pasado la voz para el velorio. Poco a poco fueron llegando de a uno, de a dos, en completos de paño negro, con sombreros de panza de burros[44] y botas gruesas recién lustradas. Zurdamente caminaban, iban y se acomodaban en fila a lo largo de la pared, en derredor del catafalco[45] elevado en la trastienda. Uno que otro, cabizbajo, en puntas de pie, aproximábase al muerto y durante un breve instante lo contemplaba. Algunos daban contra el umbral al entrar, levantaban la pierna y volvían la cara.

En la tienda, sobre el mostrador, había pan, vino, queso, salchichón y una caja de cigarros hamburgueses[46] traídos también del almacén. Constantemente una pava de café hervía en el fogón de la cocina.

Sin atinar Genaro a darse cuenta, a hacerse cargo exactamente de todo aquello anormal, extraordinario que veía desde horas antes sucederse, confundido aún y como en sueños, con la curiosidad inconsciente de la infancia, miraba embebido en torno suyo, inmóvil, sobre una silla, en un rincón.

---

42   *Al ñudo*: Argentinismo. Inútil.
43   *Hachones*: especie de braceros altos.
44   *Sombreros de panza de burros*: sombreros rústicos que usaban antiguamente los paisanos. Hechos con cuero proveniente de la panza de burro, tenían forma de campana.
45   *Catafalco*: base sobre la que se apoya el ataúd.
46   *Hamburgueses*: cigarros "de fábrica" manufacturados en Hamburgo, Alemania, de inferior calidad a los cigarros "hechos a mano".

Pasado el primer momento de doloroso estupor, de susto, algo claro y distinto se acusaba, sin embargo, en él, surgía netamente de lo íntimo de su corazón y de su alma: una completa indiferencia, una falta, una ausencia absoluta de pesar, de sentimiento en presencia del cadáver de su padre.

No lo volvería a retar el viejo, a castigarlo, a maltratarlo; no habría ya quien lo estuviese jorobando; se había muerto.

¿Y qué era eso, morirse y que lo enterraran a uno... sabían las ánimas andar penando de noche en los huecos, como contaban?... ¿Sería cierto lo que decía el catecismo, que todos resucitaban el día del juicio?

¡Quién sabía si se iría a morir como los otros él, si Dios, tata Dios, no lo guardaba para semilla!...

Las salpicaduras viejas de cera, amarillentas sobre el fondo negro del manto funerario, un momento distrajeron su atención, púsose a contarlas.

Él también iba a ir al acompañamiento, en coche, por la calle Florida hasta la Recoleta.[47]

Su mamá le había recomendado que saliera bien temprano, se comprase un traje negro en la ropería de la otra cuadra y se hiciese poner luto en el sombrero.

Tenía la plata que le había entregado en el bolsillo.

¿No se le habría perdido?... Metió la mano y tocó el dinero.

No iba a haber escuela para él en esos días... y hasta despúes del funeral le irían a dar tal vez asueto[48]... ¡qué suerte!...

La atmósfera, sin embargo, se cargaba; empezaba a sentirse un tufo[49] a muerto, a sudor y a aliento de ajo. En la corriente del aire de las puertas entornadas, humeaba la pavesa[50] de los hachones; se veía turbio como en una noche de niebla.

Las telarañas del techo, enormes, oscilaban lentamente, semejantes a las olas de un mar muerto, mientras confundido con el canto lejano del sereno en las horas, en las medias, susurraba de continuo un zumbido de voces roncas análogo al de un nido de mangangaes.[51]

El vientre del cadáver insensiblemente se elevaba.

Vencido Genaro al fin por el cansancio, apoyado el cuerpo a la pared, arqueada la cintura, colgando del asiento sus dos pies, había fijado los ojos sobre la luz de un hachón. Le ardían, le picaban, le incomodaban; se los restregaba de vez en cuando, hacía una mueca de fastidio; poco a poco los cerró y cabeceando acabó por quedarse profundamente dormido.

---

47   *Recoleta*: en 1823 el estado destinó para cementerio público los jardines que rodeaban la iglesia del Pilar y el convento de los padres recoletos. De ahí debe su nombre el cementerio que menciona Cambaceres.

48   *Asueto*: vacación.

49   *Tufo*: olor rancio.

50   *Pavesa*: partícula inflamada proveniente de una vela encendida.

51   *Mangangaes*: insectos que producen una miel pastosa.

– V –

F ueron cuatro los coches: el fúnebre con plumeros[52] negros y una figura como a modo de ángel, fabricada arriba, hincada y de cruz.

Estacionaban luego los otros tres, de plaza,[53] transformados, como disfrazados de «librea»[54], con ayuda del sombrero de castor[55] y de la levita de los cocheros.

En la cuadra, la gente alborotada desatendía sus quehaceres; las mujeres, algunas con criatura en los brazos, salían, poblaban las puertas, invadían las veredas, se saludaban, hablaban en voz alta del suceso, lo comentaban; uno que otro hombre mezclábase a la conversación.

De vez en cuando, por entre las rejas de alguna «casa decente», asomaba el óvalo de un ojo, la punta de una nariz, mientras, frente mismo a lo del muerto, en media calle, los muchachos amontonados se volteaban a empujones por mirar. Era que sacaban el cajón en ese instante, entre seis, a pulso, por el zaguán.

Pero la puerta resultó angosta para salir de frente; tuvieron que perfilarse,[56] cambiaron de mano, forcejearon, cayeron al empedrado, oyóse el asiento de sus pisadas tambaleando con el peso como caballos de carro al arrancar.

Seguía un carruaje de luto detrás del fúnebre. El almacenero y dos más, como a guisa de parientes, lo ocuparon, hicieron subir con ellos a Genaro.

Un inconveniente, sin embargo, se suscitó a última hora, una demora se produjo: los convidados eran muchos, los coches no bastaban; fue necesario

---

52   *Plumeros*: penachos o plumas que decoran las cabezas de los caballos durante los servicios fúnebres.
53   *De plaza*: carruaje destinado al servicio de alquiler.
54   *Librea*: del francés *livrée*, uniforme de criado.
55   *Sombrero de castor*: paño o fieltro que semeja la suavidad del pelo de castor.
56   *Perfilarse*: colocarse de perfil.

salir en busca de uno, allí a la cuadra, a la plaza de la Concepción.[57] Sin tiempo a presentarse «vestido de galera»[58] también él, iba muy sucio el cochero.

Por fin, de un extremo a otro, como tiros que se chingan,[59] los látigos chasquearon y poco a poco, trabajosamente, en el zangoloteo[60] de los pozos del empedrado, crujiendo la madera, chirriando el fierro, sonando los resortes con ruidos de aldabas de matraca,[61] al trote perezoso de los caballos, movióse la comitiva, dirigióse a tomar la «Calle Larga de la Recoleta»,[62] no sin antes recorrer la ciudad por Victoria[63] y por Florida.

Llegado el cuerpo al cementerio, en la capilla, un hombre gordo, de sotana entrepelada y barba sin afeitar, como rezongando entre dientes roció el cajón con un hisopo.

El acompañamiento avanzó luego por la calle principal. Se sentía calor adentro no obstante el viento, un viento fuerte del río que balanceaba la negra silueta de los cipreses obligándolos a inclinarse, como si, dueños de casa, hubieran querido éstos saludar al muerto recién llegado.

Los seis de la comitiva que cargaban el cajón, sin sombrero, sudaban al rayo del sol, jadeaban sofocados, pasábanse el pañuelo por la frente, arrastraban los pies en la fatiga, se movían como enredados, tropezaban a ratos contra las puntas de adobe del piso mal nivelado.

Tres veces hicieron alto a descansar, caminaron otras tantas, dejaron a trasmano las sendas de sepulcros alineados pisando ahora lo de atrás del cementerio, la maciega[64] alta y tupida de la tierra donde los pobres se pudrían.

«U le aquí»,[65] limitose a barbotear en el silencio la voz vinosa de un italiano viejo capataz del cementerio.

Había apuntado a una sepultura recién abierta entre la multitud de cruces sembradas por el suelo, antiguas, despintadas unas y cubiertas a medias por los yuyos, otras frescas, de esos días.

Las paladas de tierra, arrojadas desde alto, no tardaron, sin embargo, en caer sobre el cajón, chocando contra la tapa, golpeando en ella, al sucederse, con un sonido fofo de hueco, como cuando se camina sobre un puente.

Una a una las veía Genaro amontonarse, sin dolor, sin opresión; el entierro, el acto en sí, la materialidad del hecho mismo, todo entero lo absorbía, ocupaba por completo su atención: la soga primero, una soga torcida y gruesa, atada con ayuda de dos nudos corredizos y que había servido para bajar el cajón: cabía justito éste; luego las palas, el hoyo que habían cavado y que se iba ahora rellenando. Habría querido tener una para ponerse a echar tierra también él.

Faltó sólo colocar la cruz, momentos después. Un carpintero del barrio

---

57   *Plaza de la Concepción*: plaza ubicada entre las actuales calles Independencia, Bernardo de Irigoyen, Estados Unidos y 9 de Julio.
58   *Vestido de galera*: con sombrero de copa.
59   *Chingar*: frustrarse, fracasar.
60   *Zangoloteo*: movimiento violento.
61   *Matraca*: instrumento de madera que sirve para producir ruido.
62   *Calle larga de la Recoleta*: actual Avenida Alvear.
63   *Victoria*: actual calle Hipólito Yrigoyen.
64   *Maciega*: yerba dañina e inútil.
65   *U le aquí*: cocoliche, "es aquí."

llevábala bajo el brazo; era de pino, negra, el epitafio estaba escrito con letras hechas a mano, de pintura blanca, sobre un corazón clavado al pie.

Terminado el acto por fin y al retirarse ya la concurrencia, a indicación de uno de los presentes, Genaro sólo se desprendió del grupo, fue y depositó en la tumba una corona.

A plomo sobre sus dos pies, caído el pelo sobre la frente, el sombrero en la mano izquierda, la derecha en la solapa del paletó,[66] alcanzábase a distinguir el retrato del tachero; una fotografía amarillenta, metida en un nicho, detrás de un vidrio.

Era un recuerdo piadoso consagrado por la viuda a la memoria del difunto.

---

66   *Paletó*: gabán de paño grueso, largo, sin faldas.

– VI –

Dos días después de haber tenido lugar la fúnebre ceremonia, un agente de negocios judiciales, vecino de la parroquia, golpeaba en casa del muerto.

Iba a ver a la viuda, a visitarla y a presentarle su pésame por la desgracia que ésta había sufrido. Poco a poco, en el curso de la conversación, insinuole la conveniencia de un pronto y oportuno arreglo de sus negocios, la necesidad en que se hallaba de proceder a la liquidación de la testamentaría de su esposo.

El mismo concluyó por ofrecerse indicándole a la vez un abogado conocido suyo, persona muy decente, muy capaz y muy honrada, quien se haría cargo gustoso de la dirección del asunto.

Bien sabía ella que no en cualquiera podía uno fiarse en el «día de hoy». ¡Estaba tan de una vez degradada la profesión, y a los pobres sobre todo, los estiraban de un modo cuando tenían la desgracia de caer mal!...

En abogados, procuradores, escribanos y demás historias, todo se le iba de las manos a uno si se descuidaba, todo se lo comían entre una punta de alarifes,[67] cientos de miles de pesos, herencias cuantiosas se evaporaban, se hacían humo así, de la noche a la mañana sin saber cómo... Era un escándalo, una picardía, una canallada... ¿Y quiénes venían a pagar el pato al fin? los infelices huérfanos que quedaban reducidos a la más completa indigencia...

Con él no había peligro de que tal cosa sucediera... no, no, no había cuidado, podía estar tranquila a ese respecto... ¡qué esperanza!... ¡él no era de esos!

Pero manifestando ella no abrigar sombra de duda acerca de la probidad del agente, mostrándose convencida, diciendo que así sería, que bastaba que él lo asegurase, acababa de recordar, mientras hablaba el otro, el nombre de

---

67   *Alarifes*: argentinismo, personas astutas o pícaras.

un abogado en cuya casa tenía entrada; lavaba de años atrás la ropa de la familia; era una de «sus marchantas»[68] más antiguas la señora y había sido muy buena con ella siempre, le pagaba puntualmente al fin de cada semana; nunca le descontaba las fallas y hasta solía darle ropita usada de los niños para Genaro.

Mentalmente en ese instante hizo el propósito de ir a verla, a aconsejarse de ella, y eludiendo desde luego contraer compromiso alguno, con buen modo, en buenos términos, trató de verse libre de la presencia importuna del agente; no sabía aún, lo pensaría, le contestaría, podía él dejarle las señas de su casa, le mandaría a Genaro en caso de resolverse.

Una vez en contacto con el marido de su protectora y luego de ponerle al cabo del asunto, de transmitirle los datos y antecedentes requeridos para presentarse ante el Juez, en momentos ya de retirarse, habló la viuda de su hijo.

Parecía que el muchacho iba a ser de mucha pluma: se manifestaba muy contento el maestro, decía que tenía cabeza. Pero como empezaba a ser grandecito ya, ignoraba qué camino seguir la madre, qué medida adoptar con él: si dejarlo en la misma escuela o ponerlo a pupilo[69] en un colegio. Las criaturas, ya se sabía, eran criaturas, no tenían juicio, les gustaba jugar y hacer sus travesuras. A veces se le escapaba, el chico, se juntaba con otros y ella, sola y siempre enferma, no podía estarlo atendiendo.

Habría deseado colocarlo con alguna persona formal para que se ocupase de algo a su lado y siguiese a la vez yendo a la escuela.

Justamente se encontraba sin escribiente el abogado, acababa de echar el suyo en esos días, un sinvergüenza que lo tenía cansado, un haragán, cachafaz,[70] que lo estaba robando en el vuelto de los vicios, en los cigarrillos, en la yerba y el azúcar para el mate de entre el día:

—Mándeme a su hijo, señora –concluyó por decir despidiendo aquel a la viuda–, veré de lo que es capaz y, si es que de algo me sirve se lo tendré aquí conmigo en el estudio.

---

68   *Marchantas*: ver nota 31 p. 5.
69   *Ponerlo a pupilo*: galicismo, ponerlo pupilo, internado en un colegio.
70   *Cachafaz*: argentinismo, pícaro, sinvergüenza.

– VII –

Fue de un arreglo sencillo la sucesión del tachero; dejaba en perfecta regla sus asuntos, no había «fiados»,[71] no había deudas; trescientos noventa mil pesos depositados en el Banco de la Provincia, más un valor de treinta mil en existencias, formaban el activo de la herencia, y fácilmente, habiéndose presentado un comprador para estas últimas, un compatriota del muerto, quien pagó todo a tasación y se hizo cargo del negocio, al cabo de pocos meses, dueña de la mitad de gananciales y tutora de su hijo, viose la viuda en posesión de una pequeña fortuna: cuatrocientos mil pesos más o menos, deducción hecha de los gastos judiciales.

Empleó trescientos mil en títulos de fondos públicos. Una casita se vendía, calle de Chile afuera, entre San José y Zeballos, «tres piezas, cocina, pozo y demás comodidades». La hizo suya y la ocupó poco después, se instaló en ella con su hijo, contenta, satisfecha, no obstante los continuos sufrimientos de su pobre cuerpo, feliz de esa felicidad de los humildes en presencia de la vida material, del pan asegurado, al saber que no pesa ya sobre ellos la amenaza de la miseria, que no se ofrece ya a sus ojos la perspectiva aterradora de una cama de hospital.

Otra causa, otra circunstancia ajena en sí misma a preocupaciones de dinero, despertando en su corazón el instintivo orgullo de las madres, contribuía a su bienestar.

Para ella no pedía más, ¿ni qué más iba a pedir ni a pretender ahora?

Pero abrigaba secretamente una ambición, soñaba con hacer de su hijo un señor, un rico que anduviese, como los otros, vestido de levita. Y habíale dicho el abogado que era Genaro inteligente, le había propuesto que lo dejara a su lado en el estudio ganando al mes quinientos pesos, le había aconsejado que

---

71   *Fiados*: ventas informales a crédito.

matriculara al niño en la Universidad, que le destinase a seguir una carrera, a ser médico o abogado.

Su sueño empezaba, pues, a realizarse; parecía el cielo querer favorecerla...

– VIII –

Apresurándose a seguir los consejos de su abogado, temprano en la mañana siguiente, hizo la viuda levantar a su hijo de la cama, diole a vestir el mejor de sus trajes, la ropa que había comprado éste el día del entierro del padre. Ella misma sacó su velo nuevo, su vestido de ir a misa –un vestido de seda negro con volados– y, prontos ambos, salieron a la calle, dirigiéronse hacia el centro.

Abstraída la madre, reflexiva, perdida en sus desvaríos, mecida por la dulce voz de su esperanza.

Imaginábaselo grande a su Genaro, hombre ya, prestigiado su nombre con el título de Doctor.

Los Doctores eran todo en América, Jueces, Diputados, Ministros... por qué, debido a la sola fuerza de su saber y su talento, no podría llegar a serlo él también, a ser Ministro, Gobernador y acaso hasta Presidente de Buenos Aires, que le habían dicho que era como rey en Italia... ¡su hijo un rey!

O bien médico, un gran médico que realizara curas milagrosas, cuya presencia fuera implorada como un favor en el seno de las familias ricas y que asistiese gratis a los pobres, como una providencia, como un Dios...

¡Quién sabía si, con la ayuda del Señor, no le estaba reservado sanarla a ella misma de su tos, de esa tos maldita que desde años atrás le desgarraba el pecho!...

Y en su calenturienta exaltación de tísica, como si idealizara su mal los sentimientos de su alma a medida que demacraba las carnes de su cuerpo, complacíase en forjar así un porvenir de grandezas para su hijo, en acariciar todo un mundo de visiones, entrevistas al través del velo mágico de sus ilusiones de madre.

Dejábase llevar por ella Genaro, como arrastrado la seguía, en silencio, cabizbajo, hinchados los párpados de sueño.

Habíase vuelto regalón[72] y perezoso desde la muerte del padre, habituado ahora a las molicies[73] de la vida, consentido, mimado en todo por la madre.

La ropa que llevaba consigo, además, comprada hacía un año ya, resultaba serle pequeña; las costuras le incomodaban bajo los brazos, los botines, nuevos y estrechos, apretábanle los pies, le lastimaban la punta de los dedos, le sacaban ampolla en los talones.

Luego, y no obstante la especie de secreta vanagloria que sentía despertarse en él a la idea de poder decirse estudiante de la Universidad, presagiaba con el cambio de colegio una larga serie de desagrados y fastidios.

¿Cómo serían los maestros? Había oído que lo primero que se enseñaba era latín; ¡para lo que le importaba el latín a él!... ¿Qué otros muchachos iría a haber? Una punta de orgullosos, sin duda, que lo mirarían en menos y se creerían más que él... Alguna le iban a armar, era seguro, alguna historia, alguna agarrada a trompadas iba a tener de entrada no más. Habían de querer probarlo largándole de tapado[74] algún gallito. [75]

Insensiblemente, cavilosos ambos, llegaron así después de largo rato de camino, a la plazoleta del Mercado, se detuvieron frente a la Universidad en cuya puerta, mostrando un grueso manojo de llaves colgado de la cintura, estaba de pie el portero, un gallego ñato[76] de nariz y cuadrado de cabeza.

Tímidamente, acercósele la viuda y en voz baja, desde la vereda, dirigiéndose a él y llamándolo Señor, lo impuso del objeto que la llevaba:

—Allí –limitose a hacer el gallego secamente, indicando con un gesto de sus labios la puerta de entrada a la Secretaría, la primera puerta a la izquierda.

Bajo, grueso, rechoncho y como por error metido en una levita negra en vez de vestir sotana, trabajaba el secretario entre un cúmulo de libros y papeles, papeles viejos, legajos, libros grandes, como a guisa de libros de comercio.

Abandonó su asiento al ver entrar a la viuda, se apresuró a atenderla, comedido, movedizo y locuaz, con una locuacidad sonriente y falsa de jesuita:

—Es de práctica, mi buena señora, que los jóvenes sufran, como paso previo, un examen de gramática castellana, sin cuyo requisito indispensable me vería, muy a pesar mío, en el caso de no poder otorgar matrícula a su hijito.

Precisamente atinaba a pasar el profesor de primer año, un hijo del país, zambo,[77] picado de viruelas y vestido de levita color plomo:

—¡Catedrático! –exclamó el empleado al verlo, avanzando algunos pasos e interpelándolo alegremente, en un tono de compañerismo amable–. ¿Quiere tener la bondad de permitir?... Un minuto, nada más.

Se trataba de examinar al niño; con el objeto de abreviar, podía hacerlo en ese mismo instante; a lo que el otro accedió declarando a Genaro en estado

---

72 *Regalón*: que crece rodeado de comodidades.
73 *Molicies*: comodidades.
74 *De tapado*: oculto, encubierto.
75 *Gallito*: persona aficionada a las peleas, como los gallos.
76 *Ñato*: chato.
77 *Zambo*: persona que por mala configuración tiene juntas las rodillas y separadas las piernas hacia afuera.

de ingresar al aula desde luego, por haber sabido contestar que pronombre era el que se ponía en lugar del nombre.

Afuera, en el ancho y profundo claustro, cuyos pilares, enormes, se enfilaban bajo la masa aplastada de las paredes, como piernas de gigante en el cuerpo de un enano, los estudiantes esperando la hora se paseaban, estacionaban en grupos, hablaban, peroraban,[78] discutían, juntos los de la misma clase.

Había grandes, había chicos, bien vestidos, otros pobres, acusando una pobreza franciscana en sus personas, de ropa lustrosa en los codos y agujeros en las rodillas.

Habían salido varios al patio, habíanse puesto a «pulsear»[79] sobre el brocal[80] del pozo, o bien hacia el otro extremo, frente a la escalera del museo, distraía su tiempo uno que otro en fumar cigarrillos de papel, a caballo sobre huesos de ballena acá y allá dispersos por el suelo, semejantes a alguna monstruosa vegetación de enormes hongos que hubiesen brotado entre las piedras.

De pronto sonaba un grito, ahogado, tímido, solo desde un rincón; ya el maullido de un gato en celo, un canto de gallo o el ladrido ronco de un mastín.[81]

Luego, de nuevo se hacía el silencio, un silencio hosco, solemne, preñado de amenazas como el que en un día de combate precede al estampido del cañón, y un áspero rumor se sucedía, subía un gruñido de fieras enjauladas, crecía, aumentaba, abultábase poco a poco, redoblaba de violencia, arrancaba de mil pechos a la vez, acababa por romper en un alarido de indios, inmenso, infernal, atronador, rebotando en las paredes con la furia de un viento de huracán.

Era que la silueta del bedel[82] aparecía, que cruzaba éste el vasto patio, deslizábase a lo largo de los claustros, malo, viejo, flaco.

Con mano airada, de un tirón calábase la visera, encasquetábase la eterna gorra de paño gris hasta llevar dobladas las orejas; y un coro de maldiciones y reniegos se adivinaba entre los pliegues filosos de su boca, y en sus ojuelos verdes de bruja, desde el fondo del doble pelotón de arrugas de sus párpados, un resplandor siniestro de llama de aguardiente centelleaba.

—¡Canallas, muchachos miserables... muchachos cachafaces!...

Ceñudo, torvo, provocante, mas no sin que, al través de sus aires postizos de matón,[83] dejara de apuntar una sombra de recelo, con la andadura oblicua de un lobo que cruzara por entre perros atados, dábase prisa a seguir, a llegar al otro extremo, a sustraerse de una vez a los desbordes del torrente popular que amenazaba anonadarlo, buscando asilo en el refugio seguro de alguna puerta hospitalaria.

Y todo tornaba entonces a su quicio,[84] las formidables iras se acallaban, la calma como por encanto renacía, una atmósfera reinaba de paz y de concordia. Era el rayo portentoso en la serena placidez de un día de sol...

---

78   *Perorar*: hablar como si se estuviera pronunciando un discurso importante.
79   *Pulsear*: probar cuál de dos personas tiene más fuerza en el pulso.
80   *Brocal*: pared de ladrillos que rodea la boca de un pozo de agua.
81   *Mastín*: perro.
82   *Bedel*: empleado que vela por mantener el orden en instituciones educativas.
83   *Matón*: pendenciero.
84   *Quicio*: (fig.) lugar. natural; de laparte de las puertas o ventanas donde se inserta el gozne.

Los de primer año de latín, sin embargo, acababan ese día de entrar a clase. Poseído de instintivo encogimiento, intimidado y confuso, buenamente redújose Genaro a ir a ocupar uno de los últimos asientos, solo en un banco de atrás, junto a la puerta de entrada.

Quiso, desde luego, darse cuenta, seguir el curso de la lección, hizo por comprender, para eso había ido él. Imposible; por turno, a un llamado del maestro y poniéndose de pie, hablaban los otros una cáfila[85] de cosas que él no entendía y que seguramente debían ser cosas en latín.

¡Cómo estarían de adelantados, cuando lo sabían así y cuánto tendría que estudiar él para alcanzarlos!

Pero cansado, fastidiado a la larga, distraída su atención, impensadamente, en una mirada errante, alzó los ojos. La bóveda del techo, blanqueada a cal, mostraba una rajadura en el centro, larga, corría de un extremo a otro. Por las dos grandes ventanas que provistas de barrotes gruesos de hierro, en la profunda oblicuidad de la pared alumbraban desde lo alto, alcanzábase a divisar la mancha negra de un tejado. Observó Genaro que eran muchos los vidrios y pequeños; vio que estaba comido el marco por la polilla.

Con gesto maquinal, paseó enseguida la vista en torno suyo. Tenían los bancos profundas incisiones: desvergüenzas de los estudiantes, cortajeadas en la madera con ayuda de sus navajas de bolsillo; otras escritas o garabateadas con lápiz en la pared, a la altura de la mano; insolencias, injurias contra maestros, versos en boga, canciones sucias, de ésas que suelen andar de boca en boca en las eternas corrientes de la humana estupidez.

Le gustaba, lo atraía, lo absorbía todo aquello, era muy lindo, muy gracioso; lo repetía entre dientes, se empeñaba en aprenderlo de memoria para poder darse aires después, andar «pintando»[86] con los otros muchachos de su barrio.

Pero la hora de reglamento acababa entretanto de sonar. Dejando señalada el profesor la misma lección para otra vez, fue la clase despedida, no sin antes declarar aquel que eran todos una tropa de haraganes y encender a la vez tranquilamente un paraguayo[87] con anís.

Trató Genaro a la salida de hacerse de relaciones, de crear amistad con los demás; se acercó a un grupo: ¿costaba mucho aprender eso, lo que había estado oyéndoles en clase, qué significado tenía, qué quería decir en español?

No tardaron entonces en emprenderla con él los otros. El más grande, veterano de la casa, una especie de chinote, hacia cabeza. ¡Qué difícil había de ser... lo más sencillo, lo más fácil!... Y mientras sus compañeros agrupábanse en torno de Genaro, se apresuraban a rodearlo, púsose él a soltarle a quemarropa un atajo de indecencias, una parodia inepta, consonantes de palabras latinas y españolas que, con tono grotesco de *magister*,[88] intercalaba en el texto de Nebrija.[89]

Y el alboroto aumentaba en derredor del neófito[90] infeliz; se reían ahora,

---

85   *Cáfila*: montón, cantidad.
86   *Pintando*: ostentando.
87   *Paraguayo*: especie de cigarro.
88   *Magister*: latín, maestro.
89   *Antonio de Nebrija*: célebre gramático español e ilustre latinista de su tiempo. Aquí se hace referencia a su conocida *Gramática Latina*.
90   *Neófito*: persona que recientemente ha adoptado una opinión, creencia, etc. En este caso se refiere a la calidad de Genaro de alumno nuevo.

descaradamente se burlaban de él, se le echaban encima, lo empujaban, o, haciéndose los distraídos, le pisoteaban los pies.

Uno por detrás, estimulado, enardecido, fue hasta «sumirle la boya»[91]; otro, de una zancadilla,[92] largo a largo, lo hizo caer.

Interesados en la broma, acudían de todas partes, en un empuje malsano de torpe curiosidad, un enjambre se agolpaba, y perseguido, acorralado, acosado como las moscas en los hormigueros, sacáronlo al fin en andas hasta la puerta de salida, arrojándolo a empellones a la calle.

No había llegado aún a cruzar a la otra acera, cuando oyó que sin querer soltar la presa, encarnizados sus contrarios se desgañitaban gritando:

—¡Cola, dejá a ese hombre; cola, dejá a ese hombre!...

La alegría de los transeúntes hacía coro, el alboroto, las carcajadas de las cocineras saliendo del mercado con sus canastas, la rechifla[93] de los changadores parados en la esquina.

Rabiosamente entonces, de un revés se arrancó Genaro un enorme muñeco de papel que le habían colgado los otros del faldón en la «chacota».[94]

---

91 *Sumirle la boya*: golpearle la cabeza.
92 *Zancadilla*: hacer tropezar o caer a alguien al cruzar una pierna por delante de la otra.
93 *Rechifla*: silbido insistente y burlón.
94 *Chacota*: bulla y alegría mezclada de chanzas y carcajadas con que se celebra algo.

– IX –

Cinco años se sucedieron, cinco años perdidos por Genaro en las aulas de estudios preparatorios. El desarrollo gradual de la razón, la marcha de la inteligencia, el vuelo del pensamiento, todo ese sordo trabajo de la naturaleza, la germinación latente del hombre contrariada, sofocada en el adolescente bajo la apática indolencia de un estado de niñez que el cariño ciego de la madre inconscientemente fomentaba.

¡De loco, de zonzo iba a ponerse a estudiar él, a romperse la cabeza!... Nunca le decía nada la vieja; la engañaba, la embaucaba,[95] le hacía creer, lo que se le antojaba hacía con ella...

Y en compañía de otros como él, a la hora de clase, día a día tenían lugar las escapadas, los partidos de billar y dominó en los fondines[96] mugrientos del mercado, discutiendo en alta voz, «alegando», empeñando hasta los libros a fin de saldar el «gasto», si era que no se hacían humo[97] en un descuido cuando andaban en la «mala», muy «cortados».[98] Las rabonas[99] en pandilla a pescar mojarras y «dientudos»[100] en el bajo de la Recoleta o en la Boca, a las quintas de Flores y Barracas, saltando zanjas, trepando cercos, robando fruta, matando el hambre, después de una mañana entera de correrías, con un riñón o un «chinchulín»,[101] en el fogón de alguna negra vieja achuradora de los corrales.

Para de noche asimismo solían apalabrarse, los más grandes, los más «platudos»,[102] los más «paquetes».[103] Asistían a los teatros, negociando entradas que Genaro, de segunda mano se encargaba de «agenciarles».[104] Preferían el

---

95   *Embaucar*: engañar.
96   *Fondines*: argentinismo, fonda pobre.
97   *Se hacían humo*: argentinismo, desaparecer, escaparse.
98   *Cortados*: argentinismo, sin dinero.
99   *Rabonas*: faltar a clase sin permiso y sin motivo.
100 *Dientudos*: argentinismo, bagres.
101 *Chinchulín*: americanismo, intestino delgado de la vaca.
102 *Platudos*: los que tienen más dinero.
103 *Paquetes*: elegantes.
104 *Agenciar*: conseguir con maña algo.

Argentino,[105] donde una compañía de bufos se exhibía, para salir «dándose tono»[106], contando que «andaban bien»[107] con las cómicas francesas. Tenían anteojo, pellizcándose la cara, entre el labio y la nariz, clavaban la vista en la cazuela, fumaban en los entreactos cigarrillos pectorales,[108] se «convidaban» entre ellos a «tomar algo» en la confitería, afectando cada cual ser el primero en darse prisa a pagar.

Y no era extraño después, entre las sombras ambiguas de la calle del 25,[109] como bultos de ladrones que se escurren, verlos deslizarse a lo largo de las paredes, desaparecer de pronto en una vislumbre humosa, tras una puerta de cuarto a la calle habitado por alguna china descuajada.

Pero, aun en medio de los placeres de esa vida libre y holgazana, no dejaba de tener Genaro horas de amargo sufrimiento. Una herida a su amor propio, honda, cruel, fue a despertar el primer dolor en el fondo de su alma.

Entregados a una de sus distracciones predilectas, levantando la punta de una pollera, tironeando una pretina,[110] «haciendo cama»[111] a un boca abierta, dando con un puñado de garbanzos en el rostro de los transeúntes, fastidiando a medio mundo con sus pillerías de muchachos traviesos y mal intencionados, vagaban una vez en tropel por las calles del mercado.

A un gallego recién desembarcado acababan de «ponerle los puntos»[112], de «acomodarle» un zoquete de carnaza.[113] Con la cristiana intención de refregárselas en la nariz a alguna vieja, frente a los puestos de pescado, embadurnábanse las manos en la aguaza[114] que goteaba de una sarta de sábalos colgados. Por desgracia para Genaro, el pescador en ese instante, una antigua relación de su familia, atinó a reconocerlo:

—Che, tachero ¿cómo estás, cómo te va? ¡Pucha que has pelechau,[115] hombre, que andás paquete!

Y como afectando hacerse el desentendido, tratara Genaro de alejarse, fingiendo no comprender que era dirigido a él el saludo.

—¿Qué, ya no me conocés, que no sabés quién soy yo?... Será lo que andás de casaca y te juntás con los ricos, que has perdido la memoria... Guarde los pesos, amigo, y salude a los pobres –insistió el hombre en tono de zumba[116]–. ¡Mire qué figura ésa, qué traza también para tener orgullo!

Luego, dirigiéndose a un vecino –el carnicero de enfrente– púsose a hablarle en voz alta de Genaro, a referirle que con motivo de ocupar un cuarto de la misma casa, había conocido al padre en el conventillo de la calle San Juan.

---

105   *Argentino*: teatro situado frente a la Iglesia de la Merced.
106   *Darse tono*: presumir.
107   *Andar bien*: intimar.
108   *Cigarillos pectorales*: precursors de los actuales cigarrillos con filtro.
109   *La calle del 25*: actual calle 25 de mayo, en la zona del bajo.
110   *Pretina*: par de correas que sujetan ciertas prendas de vestir a la cintura.
111   *Hacer cama*: tratar de perjudicar.
112   *Ponerle los puntos*: hacerlo objeto de burlas.
113   *Zoquete de carnaza*: golpe de puño, puñetazo.
114   *Aguaza*: secresión de ciertos tumores de animales.
115   *Pelechau*: en sentido literario *pelechar* significa que los animales echan pelo o plumas. En sentido figurado significa mejorar la fortuna.
116   *Zumba*: broma.

Entró en detalles; era el viejo un carcamán,[117] un pijotero[118]; un sinvergüenza; ni un triste puchero[119] había sido nunca capaz de comprar para la familia; no hacía otra cosa que caerle[120] a la mujer, le sacudía cada tunda[121] al muchachito que lo dejaba tecleando[122] y de chiquilín no más, sabía sacarlo a la calle, cargado de fuentes de lata.

Fue un colmo. Encendido el rostro de vergüenza, esquiva la mirada, balbuciente, sin atreverse a huir de allí, sufriendo horriblemente con quedarse como un criminal, sorprendido en el acto de delinquir, viose Genaro obligado a soportar hasta el fin aquel suplicio.

Abrían tamaños ojos los otros, se acercaban, aguijoneada su curiosidad se amontonaban a no perder una palabra de la historia.

Y le llamaron tachero, al separarse, gritando, haciendo farsa de él sus compañeros, y tachero le pusieron desde entonces, el tachero le quedó de sobrenombre.

---

117 *Carcamán*: argentinismo, persona de muchas pretenciones y poco mérito.
118 *Pijotero*: avaro. mezquino, tacaño.
119 *Puchero*: guiso pobre.
120 *Caerle*: argentinismo, pegarle.
121 *Tunda*: golpiza.
122 *Lo dejaba tecleando*: dejarlo en malas condiciones físicas.

– X –

Lastimado, agriado, exacerbado a la larga, esa broma pueril e irreflexiva, esa inocente burla de chiquillos, había concluido, sin embargo, hora por hora repetida con la cargosa insistencia de la infancia, por determinar un profundo cambio en Genaro, por remover todos los gérmenes malsanos que fermentaban en él.

Y víctima de las sugestiones imperiosas de la sangre, de la irresistible influencia hereditaria, del patrimonio de la raza que fatalmente con la vida, al ver la luz, le fuera transmitido, las malas, las bajas pasiones de la humanidad hicieron de pronto explosión en su alma.

¿Por qué el desdén al nombre de su padre recaía sobre él, por qué había sido arrojado al mundo marcado de antemano por el dedo de la fatalidad, condenado a ser menos que los demás, nacido de un ente despreciable, de un napolitano degradado y ruin?

¿Qué culpa tenía él de que le hubiese tocado eso en suerte para que así lo deprimieran los otros, para que se gozasen en estarlo zahiriendo, reprochándole su origen como un acto ignominioso, enrostrándole la vergüenza y el ridículo de ser hijo de un tachero?

¿Le sería dado, acaso, quitarse alguna vez de encima esa mancha, borrar el recuerdo del pasado, veríase irremediablemente destinado a ser un objeto de mofa y menosprecio, entre sus compañeros ahora, entre hombres después, cuando llegara a ser hombre también él?

Un sentimiento de odio lo invadía, de odio arraigado y profundo, que no podía, que no hacía por sofocar en su corazón contra la memoria de su padre, del viejo crápula,[123] causa de su desgracia.

Recordaba el día de la escena en el mercado, su historia contada a voces

---

123 *Crápula*: impúdico, desvergonzado, indecoroso.

por el chino pescador ante un auditorio absorto, su triste historia que tanto habíase esmerado siempre en ocultar a los ojos de los otros estudiantes, hablando de bienestar, de la decencia, de la riqueza de su familia, mintiendo, en sus nacientes ínfulas[124] de orgullo, una distinta condición social para los suyos.

La rabia, el despecho, un deseo loco de vengarse lo asaltaban. ¡Oh! ¡si hubiese podido apoderarse del canalla que lo había vendido, descubierto y cebarse, encarnizándose en él, matarlo... pero matarlo imponiéndole mil muertes, que mil veces sufriera lo que él sufría, gozándose en atormentarlo, a fuego lento, a chuzazos,[125] como por entre los postes de los corrales del alto, armado de un cortaplumas en los días de rabona, habíase solido pasar horas él, entretenido en chucear[126] las reses embretadas[127]!

La negra perspectiva del porvenir que se forjaba, la idea de que no llegaría jamás a cambiar su situación, de que sería eterna su vergüenza, la humillación que día a día le hacían sufrir sus condiscípulos, de que siempre, a todas partes llevaría, como una nota de infamia, estampada en la frente el sello de su origen, llenaban su alma de despecho, su corazón de amargura.

¿Pero qué, no era hombre él, debía por ventura resignarse así, cobardemente, conformarse con su suerte, sin luchar, sin sublevarse, doblar el cuello, dejar que se saliesen los otros con la suya, que lo siguiesen afrentando, mirándolo desde arriba, habituados a manosearlo, a no ver sino a un pobre diablo, a un infeliz en él, al hijo del gringo tachero?

«¡No!», llegó a exclamar un día en un desesperado arranque de bestia acorralada.

Él los había de poner a raya, los había de obligar a que se dejaran de tenerlo para la risa... les había de enseñar a que lo trataran como a gente... ¡Y ya que sólo en el azar del nacimiento, en la condición de sus familias, en el rango de su cuna, hacían estribar su vanidad y su soberbia, les había de probar él que, hijo de gringo y todo, valía diez veces más que ellos!...

---

124 *Ínfulas*: falsas aspiraciones.
125 *Chuzazos*: heridas de chuza (caña o palo provisto con un rejón usado por indios y gauchos para atacar o defenderse).
126 *Chucear*: herir o picar con un arma con punta.
127 *Embretadas*: argentinismo, encerradas.

– XI –

Consagróse desde entonces al estudio, de lleno, con pasión, y una vida de lucha empezó para Genaro.

Era un anhelo constante, un afán de saber, de descollar entre los otros estudiantes, distanciado ahora de sus antiguos compañeros de «parranda»[128], cuya sociedad rehuía y a quienes solía encontrar sólo de paso, al cruzar los alrededores del mercado o esperando en los claustros la hora de clase.

Apenas durante el corto tiempo que las atenciones de su empleo le reclamaban, veíasele ausente de su casa. Volvía después, se retraía, se encerraba entre las cuatro paredes de su cuarto, solo con sus libros.

Y redoblaban su dedicación y su ahínco a medida que el año trascurría, que se acercaba el plazo fatal de los exámenes, el día terrible de la prueba.

Levantado de la cama al aclarar en las mañanas crudas de invierno, pero insensible a los rigores del frío y a la falta de descanso, la hora de la clase, el momento de salir, llegaba a sorprenderlo sin tiempo muchas veces de tomar el más ligero desayuno, absorto por completo en el trabajo, en ese trabajo maquinal del estudiante rutinero porfiando con el libro, haciendo con un tesón de buey uncido al yugo, por grabar en su memoria lo que había intentado comprender la víspera, repitiendo en voz alta la lección del día, diez, cien, mil veces, seca la garganta, mareada la cabeza, invadido más y más por un confuso aturdimiento, por una inconsciencia vaga en el ritmo automático de su incesante marcha a lo largo de la pieza.

Luego, bajo el círculo de la luz de una lámpara de aceite, en la atmósfera encerrada de su cuarto de estudiante, noche a noche, las veladas se sucedían, las veladas sin fin, interminables, prolongadas hasta las horas cercanas de la

---

128 *Parranda*: fiesta, jarana.

madrugada, arrebatado, febriciente,[129] en la enorme tensión intelectual a que voluntariamente llegara a someterse, clavados los codos sobre su escritorio —un escritorio de paño verde, enchapado de nogal— oprimida la frente entre las manos, los ojos fijos en algún libro de texto.

Un paquete de cigarrillos negros y una jarra de café frío no faltaban jamás al alcance de su mano. Y cuando el sueño, ese déspota implacable a pesar de todo lo embargaba, cerraba sus párpados hinchados y ardorosos con la inflexible dureza de una tenaza de hierro, sacudiéndose de pronto en un esfuerzo de todo él, corría a abrir la puerta de calle, llamaba al sereno de la cuadra y, después de obtener de éste el favor de que golpeara momentos más tarde a su ventana, sin acertar siquiera a desnudarse, caía, se desplomaba atravesado, como un muerto, sobre el colchón de su cama.

Pero no eran, sin embargo, ni la labor abrumadora del espíritu, ni las fatigas del cuerpo lo que más quebrantaba su organismo.

Otra especie de sufrimiento, acentuando en él cada vez más sus ingénitas[130] tendencias, sordamente lo minaba: la emulación, la envidia, el despecho de reconocerse inferior a otros.

Dábase todo entero él al lleno de sus tareas, se mataba, se devanaba los sesos estudiando, pasaba entre sus libros la mitad de su existencia y ¿qué premio, qué recompensa, entretanto, conseguía, qué ganaba, qué valía, él quién era?...

¡Apenas un espíritu vulgar, un estudiante ramplón[131] y adocenado,[132] de ésos que, bajo la capa artificiosa del estudio, disimulan su indigencia[133] intelectual; plantas que se arrastran por el suelo sin lograr clavar sus raíces, vegetan y se secan sin dar fruto, parásitos de la ciencia, pobres diablos condenados a vivir recorriendo, ellos también, su dolorosa vía crucis en las bancas de derecho o en las salas de hospital, para llegar en suma a merecer que les arrojen de lástima la deprimente limosna de un título usurpado de suficiencia!

Sí, pensaba, ése era él, lo sentía, lo conocía. Abstraído, reconcentrado en el secreto examen que de sus propias fuerzas intentara, mirábase obligado a confesarse a pesar suyo, su impotencia, íntimamente y a él solo, allá, en la negra, en la misteriosa mudez de su conciencia, en lo más recóndito de su alma, poseído de un sentimiento de sordo malestar, algo como un bochorno de pobre vergonzante.

Abría el libro, emprendía el estudio de un punto nuevo; le sucedía leer a veces y releer el mismo párrafo sin atinar a discernir con precisión su contenido. Las palabras, las frases, los períodos se seguían como partes inconexas de un todo heterogéneo, sin mutua correlación, sin vínculos entre sí.

Era, ya la apariencia de algún error grosero, de una contradicción chocante, que creía ver desprenderse de la página, saltar a primera vista de su lectura y que, en un tímido recelo de sí mismo, aplicaba todo su esfuerzo de

---

129 *Febriciente*: esta palabra no figura en el Diccionario de la RAE que sin embargo registra febril.
130 *Ingénitas*: naturales, como nacidas con uno.
131 *Ramplón*: tosco, vulgar.
132 *Adocenado*: vulgar, de poco mérito.
133 *Indigencia*: pobreza.

atención en comprobar; ya un extraño embotamiento, una torpeza, una singular dificultad de comprensión que, impidiéndole tocar el fondo del asunto, posesionarse de él y dominarlo, arrancaba, con un gesto de rabia y de impaciencia, palabras soeces de sus labios.

Levantábase entonces ofuscado, caminaba, presa de una agitación, recorría de un extremo a otro su cuarto, volvía, se sentaba, inmovilizaba ensimismado la vista sobre el texto.

Pero un objeto cualquiera, un detalle luego, una nada lo distraía: los dibujos del papel en la pared, los colores varios de la alfombra, el humo del cigarrillo, el brillo de un picaporte.

Y era entretanto el libro como una puerta cerrada tras la cual se ocultara lo impalpable; eso que en vano su mente enardecida perseguía, eso que habría querido poseer, asir, dominar y que se le escapaba, se le iba, rebelde a sus miradas se desvanecía en una ilusión de caprichosas curvas, de eses escurridizas de culebra, eso ignoto, informe, inmaterial, algo como el alma de la tinta y del papel que flotaba y se agitaba, que en la obcecación de su cerebro, rodeado del silencio de la noche, le parecía oír, palpitar, estremecerse en un vago más allá, apareado al chirrido sordo del aceite consumiéndose en la mecha del quinqué.[134]

¡Ah! ¡no ser él como eran otros que conocía!... ¡Llenaban ésos la Universidad con sus nombres, no parecía sino que en ellos toda una generación se encarnara, que el porvenir de la patria se cifrara sólo en ellos!

¿Qué hacían, sin embargo, qué méritos contraían, qué esfuerzos, qué sacrificios les costaba la reputación, la fama que de clase en clase habían llegado a alcanzar?

Pasaban su vida de estudiantes entregados al solaz y a los placeres, véaseles en las fiestas de continuo, iban a bailes, a los Clubs; oíalos él en los corrillos, en los grupos de estudiantes, hablar, conversar, de sus amores, de las mujeres de mundo, de sus queridas del teatro, de sus noches de trueno, de juegos y de orgía...

Pero era que brillaba en sus frentes la luz de la inteligencia, que podían ellos, que sabían, que comprendían, que el solo privilegio del ingenio bastaba a emanciparlos de toda ímproba labor... mientras él... ¡Oh! ¡él!...

Y, sólo porque dotado de la astucia felina de su raza, su único bagaje intelectual, poseía el don de sustraerse a las miradas ajenas, de disfrazar, envuelto en el oropel de una verbosidad insustancial y hueca, todo el árido vacío de su cabeza, no faltaba quien dijera de él que también tenía talento... talento él... ¡Oh! ¡si lo viesen, si los que tal creían lo sorprendiesen, frente a frente, cara a cara con sí mismo!... ¡imbéciles, el único talento que tenía él era el de engañar a los otros haciendo creer que lo tenía!...

---

134 *Quinqué*: lámpara alimentada con gas/petróleo que lleva un tubo de cristal para resguardar la llama. Por el francés Antoine Quinquet (1745-1803) su primer fabricante.

– XII –

Esos arranques violentos, hijos de un estado de nervioso eretismo[135] provocado por la misma constante exacerbación de su moral, no tardaban
luego en dar lugar a momentos de intolerable hastío, de desaliento profundo en el ánimo de Genaro.

¿Por qué obstinarse, a qué luchar, querer dar cima a una tarea ímproba,
ardua, para la cual no había nacido, inapropiada a la medida de sus fuerzas,
superior al paciente empeño de su voluntad? solía decirse, cuando en medio
del tumultuoso desbande[136] de sus condiscípulos, tristemente, al salir de clase,
alejábase cabizbajo y sólo él, llevando en el alma un desencanto más, apu-
rando la hiel de alguna nueva decepción.

Llamado a hacer la exposición del tema, obligado a tomar parte en su
debate, comprometido a pesar suyo en una réplica, habíase visto, habíase sentido
poco a poco vacilar, enredarse, perder pie en la discusión, dominado por un cre-
ciente aturdimiento, el espíritu suspenso en un extraño e inexplicable torpor,[137]
como reatado y preso, como aferrado en su vuelo por una mano brutal.

El fuego de la vergüenza había subido entonces a su rostro, una nube roja
lo había envuelto, los latidos de su corazón, con un ruido de redoble de
tambor, martillábanle la sien y, al través del zumbido turbulento de sus orejas,
y entre el revuelto torbellino de sus ideas, como empujadas por un vértigo de
ronda, habíase abierto camino la voz de su adversario, clara, sonora, cruel,
implacable, en su lógica de fierro, semejante al golpe seco de una maza que
sobre él se descargara, que lo ultimase, que lo hundiese en una zozobra de-
sesperada de ahogado.

¿Qué desenlace, qué término había llegado a tener aquel horrible suplicio?

---

135 *Eretismo*: exaltación de las propiedades vitales de un órgano.
136 *Desbande*: (desbandada) dispersión.
137 *Torpor*: entumecimiento.

Lo ignoraba; se había sentido renacer, tornar a la conciencia de sí propio, tal cual despierta un borracho de su sueño, sin recuerdo, sin reminiscencia siquiera de los hechos.

Acaso había acudido en su auxilio, había llegado a prestarle una ayuda salvadora esa sagacidad hereditaria, innata en él y que era como el refugio supremo de su espíritu, como un agente extraño y misterioso que gobernara sus actos, como un segundo instinto de conservación que poseyese sólo en defensa de su ser moral.

Sí, esa última esperanza le quedaba, una palabra, una interrupción lanzada a tiempo, un oportuno momento de silencio, un gesto afectado de impaciencia, una sonrisa de fingido menosprecio, una repentina inspiración, un rasgo en fin de su esencial astucia, ajeno al juego de su inteligencia, involuntario, impensado, hasta inconsciente en él, había operado tal vez el milagro de salvarlo, le había sido dado así escapar por la tangente, salir airoso del difícil paso, eludiendo la cuestión, rozando apenas la dificultad sin tropezar con ella, como guiada por la aguja costea el escollo la mole ciega de una embarcación.

Pero... ¿y si, abandonado a los recursos de su solo alcance intelectual, hubiérase mostrado tal cual era, fuerza para él hubiese sido dejarse arrancar la máscara, librar a los otros su secreto? pensaba luego con la azorada angustia de quien se ve rodar al fondo de un abismo.

Le parecía ya estar oyéndolos a sus espaldas, antes de separarse y emprender cada cual por su camino, alegres y juguetones al pedirse el fuego:

¿Habían visto, se habían fijado cómo había estado de bien el tacherito?... para la edad que tenía el nene... ¡Dios lo perdonara! iba mostrando cada vez más la hilacha[138] el mozo, era decididamente un poco bastante bruto... ¡para qué estudiaría ese pobre! le estaban robando la plata los maestros, fuera mejor para él que se largase a sembrar papas...

¡Y cuánta y cuánta razón tenían!

¡Bruto sí, mil veces bruto; más que bruto, insensato, loco, de ir a estrellarse estérilmente contra la insalvable valla de lo imposible!...

¡Ganas le daba de pronto de echar a rodar con todo, de salir de una vez de aquel infierno, de tirar los libros, agarrar el campo por suyo y meterse a cuidar ovejas!...

¿No era lo más sensato y lo más cuerdo, si no servía para otra cosa?

Pero, ¿y sus planes heroicos, sus proyectos, sus propósitos, la promesa solemne que se había hecho?

¿No importaba, acaso, para ante los demás, para ante él mismo, el mayor de los vejámenes, la más grande de las vergüenzas, declararse vencido de antemano?

Y tan sólo ante la idea de renuncia semejante, de un desistimiento[139] tal de su parte, herido de muerte su orgullo y su amor propio, en una brusca re-

---

138 *Mostrar la hilacha*: argentinismo, mostrar su verdadera naturaleza.
139 *Desistimiento*: abandono.

acción, sublevábase entonces indignado, se insultaba, se injuriaba, acumulaba palabras afrentosas sobre su propio nombre, se llamaba débil, ruin, cobarde, y sacando nuevo aliento, retemplando su valor y su entereza al calor de la pasión enardecida, todo ese mundo de bajos sentimientos fatalmente encarnados en su pecho, el rencor, la envidia, el odio, la venganza, acababan por despertarse más vivaces, por primar[140] de nuevo en él con la invencible exclusión de lo absoluto.

---

140   *Primar*: dominar.

– XIII –

A fines de año, una vez, entre un crecido número de sus condiscípulos, acababa Genaro de bajar la ancha escalera que del salón de grados llevaba a la planta baja.

Iba y venía intranquilo, vagaba de un sitio a otro, acercábase a los grupos, escuchaba hablar a los demás, con esa expresión extraña en el semblante de quien hace por oír y no acierta con lo que oye, ensimismado, absorto, abismado por completo en una preocupación única: su examen.

Era que jugaba el todo por el todo él en la partida, que era cuestión para él de vida o muerte, se decía. Un resultado adverso, un fracaso posible, en la prueba a que iba a verse sometido, importaba, no sólo la pérdida de largos años de estudio, de una suma inmensa de constancia y de labor, sino, lo que era a sus ojos mucho más, el sacrificio de su venganza, su plan frustrado, sus esperanzas desvanecidas para siempre; jamás en presencia de un rechazo, de una reprobación desdorosa que sobre él fuese a recaer, llegaría a sentirse con valor bastante para perseverar en la ardua lucha, para obstinarse con nuevo ardor en sus designios.

Y presa de esa emoción invencible que despierta en el ánimo la vecindad del peligro, debatíase en las angustias de la espera, aguardaba su turno ansioso y palpitante; debía tocarle ese mismo día a él, calculaba que sería luego de haber vuelto de almorzar los catedráticos, en las primeras horas de la tarde, según el orden de lista.

Una idea además lo perseguía, fija, clavada en su cerebro; aumentando sus zozobras, un triste presentimiento lo aquejaba con la implacable tenacidad de una obsesión.

Dominado por la aversión profunda, irresistible, que llegara a inspirarle una de las materias encerradas en el programa del año, había rehuido su estudio.

Era en física, el coeficiente de dilatación de los gases. Al abordar por vez primera el punto, habíale sido imposible comprender, se había afanado, se había ofuscado, había sido un laberinto su cabeza. En uno de esos ímpetus que le eran familiares, había estrujado entonces el libro, lo había cerrado con rabia y, jurándose no volver a abrirlo más en esa página, había hecho siempre como gala de cumplir su juramento.

Pero, ¡cuánto y cuánto lo deploraba, le pesaba ahora, trece del mes y viernes, pensaba, trece el número de la cuestión en el programa, trece su propio nombre en la lista!...

«¡Bah!», sucedíale luego exclamar en un brusco retorno sobre sí, preocupación, quimeras... era estúpido, insensato dar oídos a semejantes absurdos, engendros de la ignorancia, vanas necias aberraciones de la imaginación asustadiza del vulgo.

No le faltaba sino ponerse a creer en brujerías, él también, en *gettaturas*[141] y usar cuernos de coral como su padre después de comprar reloj...

Sí, evidentemente, sí... pero, ¿por qué, sin embargo, esa extraña coincidencia de tres trece reunidos?

Y una cavilación lo trabajaba, ocupaba su cabeza; emanaba del fondo de su ser una secreta y misteriosa influencia a la que le era imposible sustraerse, un supersticioso temor, latente en él, al culto de lo prodigioso, de lo sobrehumano, irresistiblemente lo arrastraba con todo el ahínco del ciego fanatismo de su casta.

El momento supremo se acercaba, iba la hora a llegar, a ser su nombre pronunciado; solo, en medio del silencio, saldría, se desprendería de entre los otros, avanzaría, se aproximaría a la mesa.

Él mismo, semejante al reo que hace entrega de su persona, con mano trémula y vacilante iría a sacar de la urna una bolilla, la primera, la última, cualquiera... la bolilla augurosa, el número fatídico, cabalístico: trece... ¡era fatal!...

Si se fuese, llegó a ocurrírsele de pronto, si faltase al llamado de la mesa... ¿Por qué no? púsose a decirse en el vehemente empuje de su tentación, hostigado por el aguijón del miedo; ¿qué mal le resultaría, a qué mayor daño se exponía, qué le podia suceder en suma con proceder así?... Perder, el año... y bien, ¡qué le importaba, si sabía que de todas maneras, lo tenía perdido dando examen!...

Sí, lo sabía, algo, un no sé qué, superior a él, se lo decía, estaba convencido, cierto de ello, con el bochorno en más de verse reprobar.

Sobre todo, podía buscar un pretexto, nada le impedía fingirse enfermo y volver, presentarse al día siguiente, un sábado en vez de un viernes, un catorce en vez de un trece... estudiaría entretanto, tenía todo ese día, toda una noche por delante; sí, sí, ni que hablar, no había que hacer, era mil veces mejor, se repetía obstinado en persuadirse, apareando la acción al pensamiento, escurriéndose ya a lo largo de los claustros para ganar la calle.

Pero, bruscamente, en un arranque de soberbia se detuvo; ¿qué dirían, qué pensarían los otros, qué comentarios irían a hacer?

Como si los viera, iban a estar cayéndole, haciendo farsa de él, interpretando de mil modos, a cual peor, su extraña desaparición, su inexplicable ausencia. Nadie, de fijo, creería en su embuste, ni uno solo de sus condiscípulos daría crédito al cuento tártaro de su enfermedad, sabrían que se había ido de miedo, sería la burla al día siguiente, el escarnio, el hazmerreír de toda la clase.

No, era indigno, indecoroso lo que intentaba, se quedaría, fuera de ello lo que fuere, aguantaría, se había de saber obligar él a quedarse y a aguantar, exclamaba, «¡mandria,[142] collón,[143] gringo, tachero!», se llamaba en el rabioso desdén que de sí propio la conciencia de su flaqueza le inspirara.

Resueltamente salió por fin a la calle, giró en torno de la manzana, entró a la librería del Colegio, compró un ejemplar de texto, y, con el libro oculto bajo la solapa del paletot,[144] volvió sobre sus pasos, penetró de nuevo a la Universidad.

Nadie debía haber, ni un alma en los altos; dos horas faltaban, una por lo menos, para que continuaran los exámenes; tenía tiempo, trataría de ponerse al corriente de la cuestión, de aprender algo, aunque no fuese más que de memoria. Creía recordar que traía descrito el libro un aparato de Gay Lussac,[145] lo estudiaría, vería de que se le quedase grabado en la cabeza, lo pintaría si acaso en la pizarra, podría salir de apuros así.

Y, amortiguando el ruido de sus pisadas, agazapado, haciéndose chiquito, de a dos, de a tres empezó a trepar los escalones.

Hallábase en efecto desierto el largo claustro arriba... solo allá, hacia el fin, entre el polvo de oro de los rayos del sol penetrando oblicuamente, una silueta humana, alcanzábase a discernir.

Pasaba, se deslizaba como un fantasma, se perdía en la encrucijada, volvía a pasar, al ritmo acompasado de su andar, un andar de procesión, volvía a perderse. Llevaba, ya inclinada la cabeza, ya los brazos recogidos, ya caídos, suelta en lo vago la mirada, mientras, del marmoteo[146] incesante de sus labios, un susurro se escapaba, flotaba en el aire muerto como un confuso y sordo runrún de bicho que volara.

Otro, otro que tal, otro bruto como él, otro infeliz, otro pobre porfiando tras del mendrugo, díjose, reconociendo a uno de sus condiscípulos Genaro.

Pero en el afán de no perder él mismo un solo instante, atareado, hojeando el libro ya, al enfrentar el salón de grados, observó con extrañeza que había quedado abierta la puerta.

¿Por qué la habrían dejado así? Un descuido sin duda del portero o del bedel.

---

141   *Gettaturas*: italianismo, mala suerte.
142   *Mandria*: inútil, de escaso valor.
143   *Collón*: italianismo, estúpido.
144   *Paletot*: levita larga y holgada.
145   *Joseph Louis Gay-Lussac*; físico y químico francés, descubridor de la ley de dilatación de los gases.
146   *Marmoteo*: efecto de mascullar.

Y curioso y sobrecogido a la vez de involuntario pavor, en una irresistible atracción de condenado, a la vista del lúgubre aparato de su suplicio, medrosamente puso el pie sobre el umbral y se asomó.

Le pareció mayor la inmensa sala en el silencio, más dilatada su bóveda, más alejado su fondo, del que, semejante a un falso Dios, a algún ídolo enemigo, con el funesto emblema de su R enorme en el zócalo, el busto en bronce de Rivadavia resaltaba.

Hacia el centro, enseguida, junto a la pared de enfrente, la tribuna, la clásica tribuna apareció a su vista, ventruda, chata, tosca, desdorada, apollillada, respirando un aire a rancio, a ciencia añeja de sacristía, como un púlpito.

Luego, aislada y solitaria en medio de un ancho espacio, como un escollo en el mar, la silla del examinando, el banco de los acusados, el banquillo acaso, se decía, clavando en ella los ojos lleno de sobresalto Genaro, su propio banquillo de reo, destinado a una muerte más cruel y más infamante mil veces que la otra.

A media altura, por fin, sobre el muro de cabecera, una colección de pinturas quebrajeadas[147] y polvorosas atrajo sus miradas: la efigie de los rectores de antaño, proyectando cada cual desde su marco, el apagado rayo de una mirada oblicua, turbia, muerta, siempre igual, incansable en la angulosa impasibilidad de sus rostros de frailes viejos.

Y el estrado, los tradicionales, los vetustos sillones de vaqueta[148] y la mesa, abajo, imponente en su solemne aparato, tendida de damasco[149] blanco y rojo, arrastrando el ancho fleco de su carpeta por la alfombra, mientras de entre el tintero, enorme, y más allá la campanilla, cuyo timbre de llamada era como una descarga eléctrica en el pecho, la urna, la urna fatal se destacaba del conjunto, negra, fatídica, siniestra en su elocuencia muda de mito.

Estaba allí, indefensa, abandonada, a pocos pasos de él al alcance de su mano, estaba abierta, tenía dentro las bolillas, las treinta y seis bolillas del programa, como ofreciéndolas, como instigándolo a uno, como provocándolo.

La sugestión, la idea del mal llegó a poseerlo; bruscamente con una prontitud de luz de rayo, robarse una se le ocurrió.

Podía elegir, llevarse la que quisiera, la que se le antojara, buscar en el montón el número del programa que más a fondo hubiera estudiado, en el que más fuerte se sintiera; guardársela en el bolsillo, tenerla escondida entre los dedos al ir a meter la mano, hacerse el que revolvía y sacarla y mostrarla luego, como si sólo entonces la acabara de tomar.

Era el éxito eso, el resultado del examen asegurado, el voto de sobresaliente conquistado y quién sabía si hasta una mención honrosa de la mesa, ¿por qué no?... ¡tal vez!

Era la victoria, sobre todo, el triunfo sobre los otros, su anhelo supremo, su aspiración colmada, su sueño, su acariciado sueño de venganza realizado.

Pero era una mancha negra sobre la conciencia, eso también, la falta, el

---

147 *Quebrajeadas*: con grietas.
148 *Vaqueta*: cuero de ternera curtido y adobado.
149 *Damasco*: tela de seda o lana con dibujos formados con el tejido.

delito, el crimen... ¡De ese modo se empezaba, por miserias, por echar mano de un cobre, de un cigarro, se acababa por robar una fortuna!

¿Quién, una vez dado el primer paso, era capaz de decir dónde iba a detenerse, hasta que fondo de abyección podía arrastrar la pendiente resbaladiza de la culpa?

Pero no exageraba acaso... alarmado, atemorizado sin razón, no desfiguraba el alcance, la trascendencia del acto que intentaba, el carácter que éste revestía... era realmente un delito, un robo... ¿a quién dañaba, a quién perjudicaba, a quién despojaba de lo suyo?...

¿No podía ser mirado, reputado más bien como una mera travesura, una superchería, una cábula[150] de estudiante, sin seriedad, sin importancia, hasta inocente si se quería, imaginada sólo con el fin de verse libre de un mal trago, de sacarse el lazo del cuello, una simple diablura de muchacho, en fin?...

Y, ¡qué diablos!, aun admitiendo lo contrario, bien pensado, eran historias ésas. No estaba sujeta a reglas fijas la moral; el bien y el mal eran relativos, contingentes como todo lo que era humano; dependían de mil diversas causas, de mil diversas circunstancias; el tiempo, el lugar, medio, la educación, las creencias. Lo que en un punto de la tierra se admitía, se rechazaba en otro, lo que antes había sido aceptado como bueno, venía a ser declarado malo después y ni aun el asesinato, ni aun el incesto mismo, el monstruoso y repugnante incesto, había dejado de tener su hora de triunfo, consagrado, santificado a la luz del sol, a la faz de Dios y de los hombres.

Todo el hueco palabreo de su escolástica,[151] todo el indigesto bagaje de su filosofía, adquirido dos años antes en clase, era sacado a luz, puesto a contribución por él en abono de su causa.

Tenía sus ideas, sus principios, sus doctrinas de las que no cejaba un ápice,[152] él; era utilitario radical y declarado en materia de moral; un acto, una acción cualquiera podía ser buena o mala, según el provecho o el daño que de ella se sacara.

Tal había sido siempre su regla, su norma, su criterio, así entendía las cosas él; marchaba con su siglo, vivía en tiempos en que el éxito primaba sobre todo, en que todo lo legalizaba el resultado. Lo demás era zoncera, pamplinas, paparruchas[153] el bien por el bien mismo, el deber por el deber... ¿dónde se veía eso? ¡que se lo clavaran en la frente!, exclamaba haciendo alarde de un cinismo mitad verdadero y mitad falso, entre ficticio y real, afectado, forjado como una arma de defensa, como la justificación buscada del móvil de su conducta y tendencial a la vez, íntimo en él, inherente al fondo mismo de su ser.

La cuestión, lo único esencial y positivo, lo único práctico en la vida, era saber guardar las formas, manejarse uno de manera a quedar siempre a cubierto, garantido, a no dar a conocer el juego ni exponerse...

¿Exponerse?... Eso, eso más bien merecía tenerse en cuenta, eso podía ser serio... que fuera a encontrarse atado él, a enredarse en las cuartas, a asus-

---

150 *Cábula*; maña para conseguir algo.
151 *Escolástica*: filosofía medieval que encuadra la doctrina cristiana dentro del aristotelismo.
152 *No cejaba un ápice*: no cedía en nada.
153 *Paparruchas*: cosas insignificantes.

tarse a lo mejor, que le pisparan[154] la bolilla entre los dedos, o se le fuese a caer de la mano, o de algún modo, con el susto, llegase a quedar colgado...

¡Hum!... no dejaba de tener sus bemoles el negocio...

Indudablemente, lo más cauto, lo más prudente era no meterse en honduras, el mejor de los dados es no jugarlos... tanto más que por mucho que se obstinase en cerrar los ojos a la luz de la verdad, no podía dejar de convenir en que era feo, en que era mal hecho en suma aquello... no, no había vuelta que darle, se lo estaba diciendo a gritos la conciencia.

Y, sin embargo... ¡lástima, lástima grande renunciar a la bolada[155]!... habría sido clavar una pica en Flandes,[156] caso de salirle bien...

Como en un último pudor de virgen que se da, la vacilación, la duda, el recelo de lo desconocido, la aprensión al incierto más allá de la primera vez, un momento lo contuvieron. Pero la urna, la urna maldita, semejante a un mensajero del infierno, lo atraía, lo fascinaba, derramaba sobre él todo el demoníaco hechizo de la tentación.

Vanamente se exhortaba, luchaba, se resistía; le era imposible desviar de ella la vista, seguíala, envolvíala a pesar suyo en un ojeo avariento de judío.

Perplejo, irresoluto aún, hizo un paso, sin querer, como empujado. Se figuró que el otro, el que andaba caminando por el claustro lo miraba; ¡bestia, imbécil, no partirlo un rayo, no reventar, no caerse muerto!... ¡bien podía haberse ido a repasar al seno de la grandísima perra que le había tirado las patas!...

Pero no, volvía la espalda, en ese instante... Entonces, como arrebatado del suelo por el azote de algún furioso huracán, con todo el arrojo de los valientes, con todo el amilanamiento de los cobardes, incapaz de discernir, sin mínima conciencia de sus actos, como si contemplase a otro en su vez, se vio Genaro de pie junto a la urna. Había metido la mano, había tenido la sensación de una mordedura de plomo líquido en las carnes; erizado de terror, la había sacado; las bolillas chasqueaban, se entrechocaban, saltaban en tropel, como hirviendo... ¿en la urna?... sí, trasformada en una caldera enorme de brujas, y voces, varias voces, tres o cuatro, lo habían chistado, lo habían llamado, brevemente, secamente, ¡pst, ep, ch!, de una ventana, de la puerta, de arriba, de allá atrás.

Como en un fulminante acceso de locura, presa de un pánico cerval[157] permaneció un momento inmóvil, pasmado, estupefacto.

Luego, en un endurecimiento de todo él, logró arrancarse de allí, pudo andar, llegó a correr y como quien huye del fuego que va quemándole la ropa, afuera, en el claustro ya, echó de ver lleno de asombro que llevaba apretada en la mano una bolilla... ¡la había robado... o más bien no, ella, ella sola había debido metérsele entre los dedos!...

Era tiempo; el Rector, los catedráticos, los otros estudiantes, subían, asomaban por la escalera.

---

154 *Pispar*: espiar.
155 *Bolada*: oportunidad, ocasión.
156 *Clavar una pica en Flandes*; figurativo, indica la extrema dificultad con que se consigue algo.
157 *Pánico cerval*: miedo propio del ciervo.

¿Los vio, los oyó Genaro? Tenía los ojos turbios de sangre, los latidos de su corazón le hacían pedazos el tímpano.

Guarecido, acurrucado en un hueco de pared, su instinto solo, su maravilloso instinto de zorro lo había salvado.

– XIV –

Seguro del terreno que pisaba, dueño absoluto de sí mismo, la palabra brotaba de sus labios, fácil, fluida, franca, en el recogido silencio de la sala; con el brillo y la pureza del cristal sonaba el timbre de su voz que la emoción ligeramente estremecía.

Allá, tal vez, en el fondo, para un ojo observador, un vacío, un punto negro habría podido acusarse, una ausencia de acabada claridad, de precisión en el juego de las ideas, algo como esas masas de sombra, vagas, indecisas, que suelen flotar a la distancia, empañando la diáfana pureza del espacio en días de sol.

Habríase dicho una ficción, por momentos, una falsa imitación más bien, de saber y de talento, el oropel[158] de una apoteosis de teatro, trabajada, artificial, la luz del gas simulando el sol.

Fue un triunfo, sin embargo, un momento espléndido de triunfo. La más alta, la más honrosa de las clasificaciones; una especial mención de los miembros de la mesa, felicitando a Genaro por su soberbio examen; el aplauso general, los parabienes de sus compañeros, aún de aquellos cuyo altanero desdén más dolorosamente había sentido siempre pesar sobre él y que, con la sonrisa en los labios, acercábansele ahora, estrechábanle solícitos la mano.

E iba a ser publicado todo eso, pensaba lleno de orgulloso júbilo Genaro, veíase en letras de imprenta él, su nombre, su oscuro, su desconocido nombre, el nombre del «hijo del gringo tachero» aparecería en las columnas de la prensa, circularía de mano en mano, rodeado como de una aurora brillante de fama y de prestigio.

¡Oh! ¡qué le importaban los quebrantos del pasado, las horas mortales de lucha y descaecimiento, el torrente de hiel que había apurado, las ofensas,

---

158   *Oropel*: lámina de latón muy delgada que imita al oro. Fig. Ostentar gran vanidad y fausto
       sin tener posibilidades para ello.

los vejámenes sufridos, las vergüenzas devoradas en silencio, la larga, la interminable cadena de sus padecimientos!...

¡Eso y otro tanto y más y más, mil veces habría tenido el coraje de sobrellevar resignado, por un minuto, por un segundo sólo en que llegase a sentirse harto, como ahora, de la dicha soberana de vengarse!...

– XV –

Existía en la calle de Reconquista, entre Tucumán y Parque,[159] un llamado «Café de los Tres Billares», cuya numerosa clientela en gran parte era compuesta de hijos de familia, empleados públicos, dependientes de comercio y estudiantes de la Universidad y de la Facultad de Medicina.

Su dueño, un bearnés[160] gordo, ronco, gritón, gran bebedor de ajenjo, pelado a la *mal content*[161] e insigne disputador de achaques en historia guerrera y de política, tenía, leguleyo[162] a medias él mismo, una predilección marcada por los últimos.

Iba, en su profundo amor a la ciencia representada para él por el gremio estudiantil, hasta hacer crédito[163] a sus miembros de la hora de mesa y del chinois[164] en épocas adversas de pobreza.

Tras de la maciza puerta de calle, otra de vidriera conducía a un vasto local donde tres billares, grasientos bajo la llama nublosa de los quinqués, en medio de una eterna nube de humo, escalonábanse abonando el letrero de la muestra.

Veíase entrando a la izquierda, un mostrador forrado de cinc, luego un estante provisto del surtido para el despacho diario: botellas de licores, frascos de frutas en conserva, tarros de cigarrillos, cajones de cigarros hamburgueses, mientras junto a varias mesas de fierro más allá, guardando las distancias como pelotones en marcha, unas cuantas docenas de sillas se alineaban, y, sobre el papel pintado de la pared, colgaba una colección de estampas iluminadas representando batallas ganadas por Napoleón.

Pero algo de segunda mano había además oculto a las miradas indiscretas y profanas de la plebe, un ramo reservado del negocio, una dependencia se-

---

159 *Calle del Parque*: actual calle Lavalle.
160 *Bearnés*: natural de Bearne, antigua provincia de Francia.
161 *Mal content*: corte especial de pelo, largo adelante y atras corto.
162 *Leguleyo*; el que trata de leyes no conociéndolas sino vulgar y escasamente.
163 *Hacer crédito*: galicismo, dar crédito.
164 *Chinois*: juego de cartas.

creta de la casa, especie de bastidor de introtelón[165] al que un oscuro pasadizo lateral, independientemente desde la calle facilitaba el acceso.

Era, sobre la cocina donde hervían los tachos de café, en los fondos, un cuarto grande, de alfombra de chuce,[166] cortinas blancas de algodón, cielo raso de lienzo empapelado, muebles del país y un olor insoportable a cucaracha. Se subía a él, por una escalera de pino apolillado, a la intemperie.

En ocasiones, mediante un lucro razonable, solía su dueño ponerlo a disposición de los amigos; no sin ciertas reticencias, cuchicheando en los rincones y bajo palabra formal de silencio y discreción: cuestión de no comprometer de puro bueno y complaciente el crédito de la casa.

Pero lo abría, lo ventilaba, hacía sacudir el polvo en carnaval, al iniciarse los bailes; las ganancias en esa época se presentaban gordas y, adiós entonces moral y miramientos; noche a noche, de las dos de la mañana en adelante era un *train a tout casser*.[167]

Allí también, concluido el año, solían citarse entre estudiantes; los amigos del mismo curso, a festejar con una cena en que había pavo, tajadas de jamón y hasta champagne por veinte y cinco pesos «a escote» la «sacada de clavo del examen».

Y ocho o diez de los de la clase de Genaro y él entre ellos, acababan de instalarse alrededor de la mesa, alegres, charlatanes, mientras esperaban que empezase el mozo a traer la cena, hablando cada cual, sin ton ni son y a todo azar, de lo primero que caía a mano; el espíritu liviano, retozón,[168] como en asueto, después de los mortales meses de estudio y sujeción, ganoso el cuerpo, recobrado, aguzado el apetito, como en una revancha de la bestia puesta a dieta.

Había cesado la obsesión, la constante, la eterna pesadilla; había pasado la nube negra del examen, era como otro mundo que empezara, todo lo veían color de rosa ahora, o no más bien, nada veían, porque nada miraban, ni nada les importaba en la bienaventurada indolencia de sus años. El problema eterno de la vida, el porvenir, las batallas del futuro, sus dudas, sus azares, sus zozobras... ¡bah! mucho se les daba a ellos de porvenir, de futuro... los tres meses de vacaciones del presente les bastaba, les sobraba a la dicha de existir.

Uno, a los postres, levantose y brindó, hizo un discurso en que la ciencia, el amor, la libertad, la democracia, las gotas de rocío, la patria, el canto de los ruiseñores, los pétalos de las flores y otras cosas, mezclado todo, revuelto, confundido, era, como resaca al mar, implacablemente acarreado aguas abajo en el atropellado torrente de la palabra.

Varios de los otros, estimulados por el ejemplo y sobrexcitados por el vino, apresuráronse a imitarlo, pidiendo todos por fin que hablara el héroe de la jornada, el del voto de distinguido con mención; a ver, que dijera algo, que se mostrase él también...

Hablar Genaro, improvisar..., y ¡qué habría dicho!...

¡Oh! mientras de pie sus compañeros, brillante la mirada, encendida la

---

165 *Bastidor de intratelón*: armazón con papel o tela pintados que forman el decorado lateral en el escenario de un teatro.
166 *Chuce*: tejido grueso de lana.
167 *Train a tout casser*: francés, fig. vivir disoluto, desenfrenado.
168 *Retozón*: inclinado a retozar, saltar alegremente.

mejilla, la copa en alto, dejaban sin violencia correr la fecunda fuente de su labia,[169] él abstraído, ensimismado, allá, solo en sus adentros, trabajosamente se ensayaba, buscaba, procuraba dar forma al pensamiento, poner a prueba una vez más la medida de sus fuerzas, y, ¡una vez más, infeliz!, era asaltado por la triste y dolorosa persuasión de su impotencia.

Nada... ni una frase, ni dos palabras siquiera, sensatas, pertinentes, atinadas, habríase creído capaz de hacer brotar de sus labios... nada... sentía su cabeza seca como los vasos de Champagne dispersos sobre el mantel.

Y, con esa insistencia grosera y desmedida que comunica el vino, urgido, apremiado a gritos por sus compañeros, sin saber qué excusa dar, ni qué decir, ni qué hacer, como rompiéndosele a pedazos en medio de la algazara, el corazón le latía, le silbaban los oídos como en un tiro a quemarropa, confusas, revueltas, enmarañadas sus ideas, semejantes, en el brusco agolpamiento de su sangre, a las piezas de una máquina que acabara de estallar.

Lejos de ceder los otros, sin embargo, seguía la grita, porfiada, atronadora. Lo habían rodeado, lo agarraban, lo tironeaban los más borrachos; «¡que hable, que hable... sí señor, tiene que hablar!»

¿Borrachos?... sí, lo estaban por desgracia suya, se les había ido en mala hora el vino a la cabeza.

Pero..., ¿pero por qué entonces no se daba él mismo por tal, ideó de pronto, y hacía por verse libre de ese modo, no era lo más natural, lo más factible que le hubiese acontecido lo que a los demás, no quedaba así todo explicado, su empecinado silencio, su actitud?...

¡Imbécil, no habérsele ocurrido antes eso... qué mejor pretexto quería!

Y con toda la destreza, con la artimaña de un cómico, simuló hallarse ebrio él también; embotó la vista, separó una de otra las piernas, ladeó el cuerpo, como descuajado en la silla cabeceaba, babeaba, tartamudeaba, pedía más vino.

—Está mamau el gringuito –riéndose a carcajadas prorrumpieron en coro los demás–, miserablemente mamau... angelito... ¡que le acuesten a la criatura!

Bien pronto, en un descuido, desviada de él la atención, pudo salir Genaro sin ser visto, bajó en puntas de pies la escalera y, perdiéndose entre las sombras espesas del zaguán, ganó la calle:

—Se ha hecho perdiz, se ha hecho humo el napolitano... ¡ah! ¡canalla, sinvergüenza!... ¡ha de estar por ahí escondido, durmiendo la mona[170] o echando el alma en algún rincón!...

Salieron los otros a su vez, buscaron, registraron con un ahínco, con un encarnizamiento de perros ratoneros revolvieron de arriba abajo la casa, preguntaron a los mozos, al patrón; ninguno de ellos lo había visto, nadie supo dar razón del desaparecido.

—¡Al bajo, a los bancos del paseo se ha de haber largau cuando menos a

---

169 *Labia*: don de la palabra, habilidad para hablar.
170 *Mona*: borrachera.

tomar el fresco el muy mandria!... –dominando el confuso toletole[171] saltó de pronto como inspirada una voz.

¡Seguro pues, era claro, era evidente... no haber caído antes en cuenta, zonzos!...

Y resolvieron sin más ni más dirigirse todos al bajo.

Pero en la esquina, a mil leguas ya del objeto que los llevaba, porque sí y como si un viento los empujara, siguieron calle derecha al Sud.

Caminaban como en tropel, pisándose los talones, hablando a un tiempo en alta voz, pidiendo el fuego a los transeúntes, sin echar de ver que llevaban ellos mismos encendidos sus cigarros.

No faltó frente al atrio de la Merced,[172] quien declarara que no pasaba de allí; se obstinara como caballo empacado, se sentase sobre los escalones del pretil[173] y comenzase a entonar a voz en cuello el himno patrio.

Al más alegre en la plaza Victoria,[174] una melancólica tristeza de súbito lo invadió, un doloroso recuerdo despertose en su memoria: misia Pancha, su madrina, una que le regalaba masacote[175] de chiquito, que lo había asistido del sarampión y que era íntima de la madre, se encontraba enferma en cama, de mucha gravedad.

¡Y era un miserable él, un gran culpable, un gran canalla en haberse puesto en ese estado, en andar así, «tomau», cuando quién sabía, no estuviese ya en las últimas la pobrecita señora, agonizando o tal vez muerta!...

Y, poseído de cruel remordimiento, no tardó en soltar el llanto a sollozos, quiso desde allí, desde allí mismo y sin pérdida de un instante, ir saber, a indagar, a tomar informes en la casa, a ofrecerse a la familia o, en último caso, si era que tarde acudía por su desgracia, a tener el consuelo, dijo, de velar a la finada.

Éste primero, luego aquel, y otros después, de a uno, de a dos, se dispersaban, emprendía por su lado cada cual. Llegaron a comedirse los que por efecto del aire fresco de la noche empezaban a sentir sus cabezas despejadas; mansamente resignados, prestaban su ayuda a los demás, hasta la puerta de sus domicilios respectivos los llevaban, se abstenían de poner ellos mismos el pie sobre el umbral, temerosos de que una parte «les ligara»[176] de rechazo en alguna furiosa filípica[177] paterna.

Y poco a poco así, vino a quedar disuelta al fin la comitiva.

---

171   *Toletole*: confusión, bulla, gritería popular.
172   *La Merced*: Iglesia de la Merced, ubicada en la actual calle San Martín.
173   *Petril*: baranda de piedra u otro material.
174   *Plaza Victoria*: la actual Plaza de Mayo surgió después de la demolición de la Recova Vieja en 1884 cuando la Plaza de Armas o Plaza del Mercado se unió con la plaza que estaba al oeste, llamada Plaza de la Victoria.
175   *Masacote*: especie de turrón hecho con azúcar negra, harina y maní.
176   *"Les ligara"*: argentinismo, tocara a uno parte de lo que se da o se destina a otros.
177   *Filípica*: sermón, arenga.

– XVI –

¿Qué había sido de Genaro entretanto, cómo acababa su noche, por qué su clandestina salida, su brusca desaparición de entre los otros, por librarse de ellos acaso, de sus bromas majaderas y cargosas de borrachos?

No; creyéndolo dominado por los efectos de la embriaguez habían desistido ya de su empeño de hacerlo hablar, acababan de dejarlo en paz, sin más preocuparse para nada de su persona, de olvidarlo por completo, como olvidan los muchachos el juguete que ya no los divierte.

¿Y entonces?

¡Oh! ¡mal habría podido disimulárselo! era que el espectáculo de aquella franca alegría, de aquella expansión sincera y sin dobleces entre amigos, en medio de un compañerismo exento de mezquindades y miserias, le hacía daño a él que respiraba el odio y la venganza, en cuyo corazón sentía sólo que la envidia, una baja rivalidad, una ruin emulación tenía cabida.

Era que la vista de sus condiscípulos gozosos, satisfechos y felices de la felicidad propia y de la ajena, prodigando, en el impulso generoso de sus almas, el elogio y el aplauso a los demás, mientras hacían ellos mismos gala y como lujo de su ingenio, había concluido por tornársele, a la larga, odiosa, inaguantable.

Por eso había salido, se había escapado, se había escurrido entre las sombras, como un ladrón había fugado de allí; porque era hiel la saliva que tragaba, porque se ahogaba, se sofocaba, porque el aire le faltaba en aquella atmósfera elevada y pura, como falta a los reptiles donde se ciernen las águilas.

Sí, por eso, por eso, nada más que por eso, exclamaba, se lo decía, se lo repetía en un alarde de pordiosero que se complace en exhibir las llagas de su cuerpo.

Pero, desde el fondo entonces de su conciencia sublevada, un grito se levantaba de recriminación y de protesta, como extraño, como de otro, una voz que lo acusaba, que le enrostraba sus flaquezas, la ausencia en él de todo impulso generoso, de todo móvil desinteresado y digno, su falta de altura y de nobleza, sus procederes rastreros, sus torpes y groseros sentimientos, la perversión profunda, la abyección en fin de su corazón y de su espíritu, esa abyección moral en que se veía, en que se sentía caer, mayor y más completa cada vez, a medida que del esbozo del niño, la figura del hombre se desprendía.

Y habría querido él no ser así, sin embargo, había intentado cambiar, modificarse, día a día no se cansaba de hacer los más sinceros, los más serios, los más solemnes propósitos de enmienda y de reforma; sí, a la par que de vergüenza, en el hondo sentimiento de desprecio que a sí mismo se inspirara, con las ansias por vivir de quien siente que se ahoga, no había cesado de agitarse, de debatirse desesperado en esa lucha; sí, a todo el ardor de su voluntad, a todo el contingente de su esfuerzo, mil veces había apelado... inspirarse, retemplarse, redimirse en el ejemplo de lo bueno, de lo puro, de lo noble, que en torno suyo veía, resistir, sobreponerse a esa ingénita tendencia que lo impulsaba al mal...

¡Vana tarea!... obraba en él con la inmutable fijeza de las eternas leyes, era fatal, inevitable, como la caída de un cuerpo, como el trascurso del tiempo, estaba en su sangre eso, constitucional, inveterado,[178] le venía de casta como el color de la piel, le había sido trasmitido por herencia, de padre a hijo, como de padres a hijos se trasmite el virus venenoso de la sífilis...

¡Miserable... miserable... miserable!... Agarrábase desesperado, llorando, la cabeza, crispaba los dedos entre el pelo, se lo arrancaba a mechones, maldecía, blasfemaba, chocaba con la frente en la pared, rabiosamente, salvajemente y, cegado por el llanto y aturdido por los golpes, vacilaba, tropezaba, a la luz apagadiza de los faroles de aceite, se bambaleaba en las aceras de los lejanos arrabales de su casa, como cayéndose de borracho también él.

---

178 *Inveterado*: antiguo, arraigado.

– XVII –

La acción incesante y paulatina del tiempo, la verdad, la realidad
palpada de día en día, de hora en hora, lentamente habían ejercitado
su ineludible influencia sobre el ánimo de Genaro familiarizado más
y más; avezado,[179] hecho por fin a la idea de eso que a sus ojos había alcanzado
a tener la brutal elocuencia de los hechos: su falta de aptitudes y de medios,
la ausencia en él de toda fuerza intelectual.

Y un desaliento, una indiferencia profunda, completa, llegó a invadirlo,
un sentimiento de fría conformidad que, más que la resignación del vencido,
era la indolencia del cínico.

Tiró los libros, dejó, cortó su carrera en de recho. ¿Para qué, si no podía,
que le era dado esperar en el mejor de los casos, en el supuesto de que a
trueque de seguir llevando una vida de bestia de carga y merced sólo a la in-
dulgencia de sus maestros, le fuese en fin otorgado su diploma? ¡Defender
pleitos de pobres, ganar apenas para no morirse de hambre, esquilmar al
prójimo, explotar a algún dejado de la mano de Dios que tuviese la desgracia
de caer en poder suyo, vegetar miserablemente en calidad de adscrito a algún
otro estudio, a la sombra de la reputación y del talento ajenos, relegado al
último plan, haciendo de tinterillo,[180] de amanuense[181] por cuatro reales que
le pagasen!...

O, cuando más, que en eso solían ir a parar los de su estofa,[182] conseguir
a fuerza de pedidos y de empeños algún nombramiento de juez y resolverse
a vivir entre la polilla de los expedientes y a quemarse las pestañas diez o doce
horas por día, para que nadie en suma se lo agradeciera ni se acordase de él.

¡No, maldito lo que la cosa le halagaba, y últimamente, maldito lo que le
importaba tampoco... estaba cansado, fastidiado, dado a los diablos ya!...

---

179 *Avezado*: acostumbrado.
180 *Tinterillo*: americanismo, picapleitos.
181 *Amanuense*: persona que escribe al dictado.
182 *Los de su estofa*: los de su clase.

Buen zonzo sería, buen imbécil, con semejante perspectiva por delante, de estar devanándose los sesos, perdiendo los mejores años de su vida, cuando se hallaba en edad de gozar, de divertirse y no le faltaba, por lo pronto, con qué poder hacerlo.

La vieja tenía sus pesos, su renta, su casa; ¡para qué servía la plata, sino para gastarla! Mañana se moría uno... Pero no le había de suceder a él, eso no, que se le fuese la mano, no había de ser como muchos de sus conocidos que agarraban y la tiraban, sin mirar para atrás, sin ton ni son... ¡hasta por ahí no más y gracias!...

Sin embargo, comer puchero y asado, beber vino carlón[183] del almacén y vivir en los andurriales,[184] en medio de la chusma, entre el guarangaje del barrio del alto... Le habría gustado una casa, aunque hubiese sido chica, en la calle de la Florida como entre Cuyo[185] y Temple[186] por ejemplo, a esas alturas, en el barrio de tono, donde no se veían sino familias decentes, estar allí él también, vivir entre esa gente, poder mostrarse, salir, pararse en la puerta de calle los Domingos, a la hora en que pasaban las pollas[187] al Retiro.[188]

Soñaba con tener tertulia en Colón, con ir en coche a Palermo,[189] hacerse vestir por Bonás o Fabre,[190] ser socio de los dos Clubs, el Plata[191] y el Progreso, [192] de este último sobre todo, cuyo acceso era mirado por él como el honor más encumbrado, como la meta de las humanas grandezas, y frente al cual, al retirarse a su casa de Colón, solía pasar en noches de baile, contemplando desde abajo la casa bañada en luz, como contemplaba las uvas el zorro de la fábula.

¡Oh! ¡si pudiera, si de algún modo llegara a conseguir, si alguno de sus condiscípulos quisiera encargarse de presentarlo, de apadrinarlo, de empeñarse en su favor...!

¡Pero cómo, siendo quién era, iba a atreverse él, con el padre que había tenido, con la madre, una italiana de lo último, una vieja lavandera!

No era juguete, era serio, era peludo[193] el negocio ése. Había de socios,

---

183   *Vino carlón*: vino tinto de Sanlúcar de Barrameda; una imitación barata del *benicarló* de Valencia.
184   *Andurriales*: paraje extraviado o fuera de camino.
185   *Cuyo*: actual calle Sarmiento.
186   *Temple*: actual calle Viamonte.
187   *Las pollas*: las jovencitas.
188   *Retiro*: Barrio del N.E. de la ciudad, conocido con ese nombre porque en 1602 había una casa de recogimiento. Después pasó por otros dueños, fue plaza de toros, cuarteles, etc. hasta que en 1862 se transformó en paseo.
189   *Palermo*: nombre de la zona de parques donde antiguamente estaba situada la estancia de Juan Manuel de Rosas llamada San Benito de Palermo. Expropiada luego de Caseros, Domingo F.Sarmiento promueve su transformación en parque público.
190   *Bonás o Fabre*: reconocidos sastres de la época.
191   *Club del Plata*: Fundado en 1860 por un grupo de socios del Club del Progreso que se reunió para formar otro centro "exclusivamente social y ajeno a la política." Se hallaba ubicado en los altos de Rivadavia y Chacabuco.
192   *Club del Progreso*: fundado en 1852, es el centro social más antiguo y prestigioso de Buenos Aires. Funcionó en la calle Perú esquina Victoria desde 1857 a 1900. Cambaceres fue secretario en 1870 y vicepresidente en 1873.
193   *Peludo*: argentinismo, difícil, complicado.

según decían, una punta de camastrones,[194] unitarios orgullosos y retrógrados, que manejaban los títeres y no entendían de chicas, que le espulgaban la vida a uno y le sacudían sin más ni más, por quítame allá esas pajas,[195] cada bolilla negra que cantaba el credo.

¡Su padre... menos mal ése, se había muerto y de los muertos nadie se acordaba; pero su madre viva y a su lado, estando con él, era una broma, un clavo, a dónde iría él que no lo vieran, que no supieran, que no le hiciese caer la cara de vergüenza con la facha[196] que tenía, con sus caravanas[197] de oro y su peinado de rodetes!

Una idea fija, pertinaz, un único pensamiento desde entonces lo ocupó, llenó su mente; verse libre, deshacerse de ella; la enfermedad de la pobre vieja fue el pretexto:

—Está siempre padeciendo ahí, mamá, usted, con esa tos maldita que no le da descanso. ¿Por qué no se resuelve y hace un viaje a Italia? El aire del mar le había de sentar, ve a su familia, se queda allá unos meses con ella y después vuelve; yo la espero.

Se rehusó, protestó en un principio la infeliz:

—¿A Italia yo... dejarte a ti mi hijito, irme tan lejos enferma y sola... estás loco, muchacho... y si me muero y si no te vuelvo a ver?...

Si se hubiese mostrado dispuesto a acompañarla él... todavía, fuera otra cosa así... no decía que no, lo pensaría y consiguiendo dejar alquilada la casita y arreglando previamente sus cosas, su platita...

Pero no podía Genaro, no había ni que pensar en eso, se lo impedían sus estudios, sus tareas era cuestión para él nada menos que de su porvenir, de su carrera.

Al fin llorosa y triste, profundamente afectada, pero incapaz de oponer una seria resistencia, al ascendiente, al absoluto dominio que, en su cariño infinito de madre, inconscientemente había dejado que ejerciese sobre su ánimo Genaro, concluyó por ceder y resignarse.

Bien sabía, bien lo comprendía que era de balde[198] todo, que su mal no tenía cura. ¡Pero cómo decirle que no al pobrecito!... Lo hacía por ella, por su bien, porque veía que no le daba alivio la enfermedad.

Cuánto y cuánto debía quererla su Genaro, cuando así se conformaba con separarse de ella.

---

194 *Camastrones*: persona disimulada y doble que espera oportunidad para hacer o dejar de hacer las cosas, según le convenga.
195 *Quítame allá esas pajas*: expresión española, sin motivo alguno.
196 *Facha*: aspecto.
197 *Caravanas*: argentinismo, pendientes.
198 *De balde*: inútil.

– XVIII –

Corto tiempo después, habilitado de edad y en posesión de un poder amplio de la madre, quedose solo Genaro, viose independiente a los veinte años, dueño absoluto de sus actos, desligado, se decía, de todo vínculo en la tierra, libre en fin exclamaba, de realizar a su antojo el programa de vida que se había trazado.

Pero, con gran descontento suyo, una primera y seria dificultad no debía tardar desde luego en producirse. La casa de la calle de Chile había sido alquilada en mil pesos; daban mil quinientos los títulos de fondos públicos; del total, había que descontar cien francos por mes para la madre; el resto era para él.

Al ausentarse aquella, habíale hecho entrega de una suma de dinero, sus ahorros, veinte mil pesos que había economizado mes a mes en los gastos de la casa.

Podía, ¡lo que Dios no permitiera!, llegar a enfermarse su hijo, precisar médico y botica, verse en alguna otra urgencia, y era bueno siempre que le dejara de reserva esa platita. ¿Con qué necesidad andar pidiendo a los otros de favor?

—Pero, ¿y usted mamá?

—¡Oh!, no te aflijas por mí; teniendo el pasaje pago yo, ¿para qué más?

Con esa cantidad –una fortuna, nunca había visto tanto dinero junto él– sin mínima preocupación de lo futuro, de lo que podría ser de él más tarde, diose Genaro a vivir costosamente.

Empezó por alquilar dos vastas piezas, sala y dormitorio, en el piso principal del Ancla Dorada,[199] sobre el frente. Almorzaba, comía y cenaba diariamente en el Café de París,[200] iba a los teatros, de un lado a otro, recorría la ciudad en carruajes de alquiler, los tenía de cuenta suya estacionados largas

---

199 *Ancla Dorada*: hotel ubicado en la actual calle Cangallo.
200 *Café de París:* uno de los restaurantes más elegantes de la época, ubicado también en la actual calle Cangallo.

horas a la puerta, ordenose varios trajes en lo de Bonás, compró ropa blanca, guantes, sombreros de Bazille[201] y noche a noche, por los contornos de la Plaza del Parque, veíasele rodar en horas avanzadas, penetrar a las casas de puerta de reja de las calles de Libertad, Temple y Corrientes.

No había trascurrido sin embargo un mes, cuando, a ese paso, observó con estrañeza, sorprendido, que su caudal inagotable se agotaba, que empezaba a ver el fin de sus veinte billetes de a mil pesos; quedaba apenas un resto en el fondo de su bolsa.

¿Y cómo ahora, con sólo dos mil pesos papel de renta al mes, hacer frente a la serie de erogaciones que había pensado efectuar, proceder a su instalación definitiva, tener carruaje suyo, pagar sus gastos, llenar las exigencias del género de vida a que aspiraba?

Imposible; costaba más el alquiler de la casa, de una casa en el centro como la que él quería.

Había contado sin la huéspeda[202]... dos mil pesos... ¡lejos iba a poder ir con semejante miseria!... Creía tener mucho más...

Y no había vuelta que darle entretanto, no había que hacer, mal que le pesara fuerza era conformarse, renunciar a sus proyectos, a sus pretensiones ridículas de lujo y de grandeza... ¡mire qué figura también la suya, querer darse aires con eso... gran puñado eran tres moscas!, exclamaba para sí confuso y avergonzado, en una sorda humillación, como si hubiese sido una mancha, algo infamante su relativa pobreza.

Se aplicaba, hacía sus cálculos, sus cómputos, de nuevo los volvía a hacer, los rehacía, contaba, ponía de lado, trataba de distribuir, de dar destino conveniente a su dinero; los gastos materiales y primeros de la vida, la casa, la mesa, la ropa por una parte, por otra lo accesorio, el teatro y el café, el carruaje, el cigarro –le gustaba fumar bueno a él– las mujeres, siempre se le irían en eso unos cuatro o cinco papeles de cien pesos por lo menos...

Pero nada, ni cerca, no daba, por mucho que tratara de estirar la cuerda, no alcanzaba, no le quedaba decididamente otro remedio que confesarse gusano, hacer de tripas corazón[203] y reducir en grande sus gastos.

Ante todo, lo esencial para él eran las formas, la apariencia; andar paquete, pasearse de habano por la calle de la Florida y que no le faltaran nunca cincuenta pesos en el bolsillo con que poder comprar entrada y asiento para el Colón.

Lo demás, aunque tuviese que apretarse la barriga y comer en los bodegones y dormir en catre de lona, eso, ¡cómo había de ser!... ése era negocio suyo, allá se las compondría él...

No había para qué andar mostrando la hilacha,[204] sobre todo, dando indicios, haciéndolo saber, publicándolo a son de pitos y tambores.

Habló al dueño del hotel, ajustose con él y cambió de habitación. Aun cuando era pequeño el cuarto, oscuro, húmedo, apestando a letrina y en el

---

201 *Bazille*: la sombrería de Bazille se encontraba en la calle Florida.
202 *Sin la huéspeda*: fr. fig. y fam., no contar con los imprevistos.
203 *Hacer de tripas corazón*: enfrentar la adversidad.
204 *Mostrar la hilacha*: ver nota 138 p. 32.

piso de los sirvientes, que lo viesen salir siquiera de la casa, algo era algo, poder decir uno que vivía en el Ancla Dorada.

Fue enseguida y se abonó, tomó pensión en la Fonda Catalana; cuatrocientos pesos en salita aparte; comía temprano, antes que se llenara de gente todo aquello.

Y suprimiendo luego los desembolsos inútiles, superfluos, eso de tener porque sí coche a la puerta, de pasarla mitad de su tiempo metido en las casas públicas, de andar tirando el dinero en guantes, perfumes, bastones, docenas de corbatas, consiguió al fin llegar a balancear mal que mal su presupuesto.

– XIX –

Iba a la ópera en el Colón una mujer joven, una niña casi.

Era morena y muy linda; a la vez que llena de formas, delgada y fina; como una luz de esmalte negro, brillaba, se desprendía en hoscos reflejos de la órbita ojerosa de sus ojos y, mientras revelando un intenso poder de sentimiento, su nariz afilada, ancha de fosas, se dilataba, nerviosamente por instantes se contraía bajo la impresión melódica del sonido o la atracción del juego escénico, en su boca de labios gruesos y rojos, todo el calor, todo el ardiente fuego de la sangre criolla se acusaba.

Ocupaba un palco de primera fila con los suyos, el padre, la madre. Genaro en frente, desde su tertulia de punta de banco, noche a noche fijaba en ella los anteojos.

Había indagado, había tomado informes, se llamaba Máxima, era la hija de un hombre rico, dueño de muchas leguas de campo, y de muchos miles de vacas, poseedor de una de esas fortunas de viejo cuño, donación de algún virrey o algún abuelo, confiscada por Rosas, y decuplada[205] de valor después de la caída del tirano.

Sabía Genaro quién era, de nombre, un nombre de todos conocido, mil veces lo había oído pronunciar.

¿Qué propósito entretanto lo animaba, qué fin lo guiaba, por qué miraba a la hija, así, tenaz, obstinadamente; en un exquisito instinto de artista lo atraía, cautivaba sus ojos la sola contemplación de la belleza en la mujer, o hablaba en él acaso el sentimiento, y entonces, qué sentimiento, era un capricho el suyo, un simple pasatiempo, puramente un juguete de muchacho irre-

---

205 *Decuplar*: decuplicar, multiplicar por diez una cantidad.

flexivo, o era serio, era afecto verdadero, era amor lo que sentía, una pasión que en su ser se despertara?

El artista, él capaz de delicados refinamientos, hombre de pasión él... ¡bah!...

Le gustaba, era muy rica la polla, a besos se la comería, ¡quién le diera andar bien con ella, tener su bravo camote[206] del país con una así, de copete,[207] de campanillas[208]... aunque más no hubiese sido, por lo pronto, que de ojito, que se fijara en él, que le hiciese caso... después... quién sabía después, tantas vueltas daba el mundo!... hasta muy bien podía formalizarse, ponerse serio el asunto con el tiempo... ¿por qué no...? ¡Cuando estaba por ser la primera vez tampoco! Todo dependía de la muchacha, de que llegase a quererlo... ¡Y qué bolada para él lograr al fin injertarse en la familia!

Porque eso debía buscar, bien pensado ése era el tiro, dar con una mujer que tuviese riñón forrado[209] y atraparla, ver de casarse con ella.

Estudiar, trabajar, jorobarse de enero a enero, ¿y todo para qué? ¿para conseguir patente de embrollón?...

¡Qué estudio, ni qué carrera, ni qué nada! Era ése el mejor de los estudios, la más productiva de las carreras, no había nada más eficaz ni más práctico, negocio más lucrativo para sacar uno el vientre de mal año[210] y hacerse rico de la noche a la mañana, sin trabajo y sin quebraderos de cabeza.

Se había desengañado, la plata era todo en este mundo y a eso iba él...

¡Pero lo malo estaba en que no adelantaba un diablo, ni pizca que se daba por aludida la muchacha, maldito si ni se había apercibido que existía seme-jante bicho en el mundo!... y, sin embargo, bien a la vista lo tenía, bien al frente; imposible parecía que no hubiese ya coceado,[211] que no hubiese caído en cuenta... ¿sería zonza?...

La verdad, por otro lado, era que en nadie se fijaba, que no tenía ojos sino para lo que pasaba en la escena: «¡A ver hijita... qué te cuesta... mírame... vaya, pues!», balbuceaba, repetía entre dientes, clavado el anteojo en ella, ladeado el cuerpo, incómodo, encogido, hecho pelota en su asiento.

¡Oh! ¡pero no se había de declarar vencido él por tan poco, no era hombre él de dar su brazo a torcer así no más, a dos tirones!; pobre porfiado sacaba mendrugo, se le había metido entre ceja y ceja la cosa y tanto y tanto había de hacer, que había de salirse con la suya, que tenía que caer, que hocicar[212] a la larga la muy bellaca.

Una noche, en efecto, en momentos de volverse ella sobre su asiento a fin de escuchar de cerca algo que la madre le decía, creyó Genaro notar que se había encontrado de pronto con su anteojo. Hasta le pareció como que se hu-biese inmutado, desviando, apartando la mirada bruscamente.

---

206 *Camote*: americanismo, enamoramiento.
207 *De copete*: de posición alta, que se envanece de ella.
208 *De campanillas*: metafóricamente, de clase social alta.
209 *Que tuviese riñón forrado*: que tuviese mucho dinero.
210 *Sacar uno el vientre de mal año*: fig., saciar el hambre.
211 *Coceado*: argentinismo, fig., sospechado, maliciado.
212 *Hocicar*: argentinismo, fig., caer rendida.

¿Sería cierto, sería verdad, o era un engaño el suyo?, llegó en la duda a preguntarse, no sin sentir él mismo que ligera emoción lo dominaba.

Vería, no tendría mucho que aguardar para saber a qué atenerse; ya que no otro sentimiento, la sola curiosidad debía llevarla a dirigir de nuevo los ojos hacia él... o dejaría de ser mujer.

Esperó largo rato pero en vano; atenta, inmóvil, la escena como de costumbre parecía absorberla.

Se la había pisado... no había más... error de óptica, sin duda... ¡paciencia y barajar!...

Aunque no, no era ilusión, no se equivocaba esa vez, lo miraba, lo había mirado, estaba seguro, segurísimo; al pasear como distraída la vista en torno de la sala, un instante, un instante imperceptible la había detenido en él.

Y si la sombra de una duda hubiese persistido aun en la mente de Genaro, poco habría tardado en disiparse.

Sí, claramente lo daba a conocer, todo en ella lo revelaba, el color encendido de su piel, la nerviosa inquietud de su persona, el movimiento involuntario de sus ojos; sí, comprendía ahora, sabía, y, en su ignorancia de niña, en su inocencia de virgen, iba acaso a imaginarse que había en el mundo un hombre que la quería.

– XX –

Pasaba, tres, cuatro veces al día, recorría Genaro la cuadra de la calle San Martín donde Máxima vivía.

Al dirigirse a tomar su carruaje ésta, una vez, acompañada de la madre, en el umbral mismo de la puerta de calle, acertaron ambos a encontrarse.

Eso bastó, pudo él verla en adelante, solía alcanzar a distinguirla envuelta en la penumbra de la sala, como oculta tras de las persianas corridas; de vez en cuando primero, luego con más frecuencia, luego, siempre, día a día, a la misma hora lo esperaba. Retardaba su marcha él al llegar, volvía la cara; aproximaba ella su cabeza a los cristales se inclinaba y detenidamente entonces, tenazmente, uno y otro se miraban.

En el Colón, ya desde su silla, como la primera noche, ya desde las galerías del teatro, pasaba él horas contemplándola, mientras como en un don de doble vista, al través de los espesos muros del edificio, presentía ella su presencia, adivinaba su silueta, allá, perdida entre las sombras, tras la ventanilla de un palco, o la rendija de alguna puerta entreabierta.

Momentos antes de dar fin al espectáculo, abandonaba su asiento, él, poníase de prisa el sobretodo, corría a situarse en el vestíbulo, junto a la puerta de salida por donde ella debía pasar y, escurriéndose, haciendo eses entre la concurrencia agolpada, la seguía luego hasta el carruaje, hasta su casa, por la vereda de enfrente, deteniendo el paso, cuando, en noches serenas y templadas, se retiraba por acaso la familia a pie.

A las horas de paseo por la calle de la Florida, en el atrio de la Catedral, a la salida de misa de una, en el Retiro después, en todas partes, siempre, infaliblemente, donde estaba ella como su sombra estaba él.

Sólo en Palermo no se le veía; jamás iba.

¿Y cómo habría ido, en coche de plaza, en un cascajo roñoso, tirado por dos sotretas[213] mosqueadores[214] con algún bachicha[215] de sombrero de panza de burro o algún mulato compadre en el pescante?

¡Ni a palos... bonito, lindo papel, un papel fuerte iría a hacer a los ojos de la otra que se largaba de todo lujo, en calesa descubierta con cochero de librea y una yunta de buenos pingos[216]!...

¿A caballo? Tampoco, estaba mandado guardar, era de guarangos[217] eso.

¿En carruaje alquilado en corralón? Menos aún, peor que peor, quiero y no puedo, era mostrar la hilacha,[218] esotro, era miseria y vanidad...

Prefería quedarse en su casa.

Sí, pero no dejarse ver también, brillar uno eternamente por su ausencia... ¡qué iría a decir ella, caería en cuenta de seguro, si era que no había dado ya en el clavo, se figuraría que era un pobrete él y que no tenía con qué!... la purísima verdad por otra parte...

Para mejor, que se le fuese a cruzar alguno de esos de gallo alzado,[219] que se la estuviesen mirando, queriendo arrastrarle el ala,[220] enamorarla, y él, como un pavo, sin saber ni jota, mientras tal vez andaba en grande ella con otros...

No dejaba de ser embromada... muy embromada la cosa... ¿qué remedio, sin embargo?

¡Oh! un recurso le quedaba, lo sabía él, no había dejado de ocurrírsele, había un medio; podía, echar mano de una parte de los títulos de renta que la madre le había entregado, ahí, por valor de unos veinte mil pesos por ejemplo, y venderlos, negociarlos; estaba del otro lado con eso, le alcanzaba para comprar americana[221] con caballo y hasta le sobraba como para un año de pensión en la caballeriza.

Sí, de él exclusivamente dependía, ¿no le había dejado la vieja, las más altas, las más amplias facultades, no tenía la libre administración de los bienes?...

Si no lo había hecho ya, era... ni él mismo, sabía por qué a punto fijo; miramientos, delicadezas, escrúpulos de conciencia.

Escrúpulos bien tontos por cierto, delicadezas mal entendidas, porque, en suma, la mitad de eso era suyo, lo había heredado de su padre, sólo la otra mitad pertenecía como gananciales a la madre.

Algo había pasado, algo había influido, asimismo, no dejaba íntimamente de comprenderlo, su manera de ser, su natural, su propia índole; se conocía él, tenía ese mérito siquiera, le costaba deshacerse del dinero, era mezquino y ruin en el fondo, avaro como su padre. Otra prenda que agregar a las

---

213   *Sotretas*: americanismo, caballos viejos.
214   *Mosqueadores*: que espantan las moscas con la cola.
215   *Bachicha*: argentinismo, nombre que se le da al inmigrante italiano de pocos recursos.
216   *Pingos*: argentinismo, caballos corredores.
217   *Guarangos*: americanismo, incivil, mal educado.
218   *Mostrar la hilacha*: ver nota 138.
219   *Alzado*: se dice del animal en época de celo.
220   *Arrastrarle el ala*: cortejarla.
221   *Americana*: carruaje con capota para seis personas.

prendas que lo adornaban, otro bonito regalo que le había hecho el viejo, otro presente más que agradecerle... ¡maldito... nunca, jamás podía acordarse de él sin odio, hasta sin asco!...

Pero se había de dominar, se había de vencer; no había nacido en la Calabria,[222] había nacido en Buenos Aires, quería ser criollo, generoso y desprendido, como los otros hijos de la tierra; era una miseria, una indecencia, una pijotería[223] sin nombre que, pudiendo, dejara de comprarse lo que le estaba haciendo falta.

Y más tarde en todo caso, para tapar el agujero, para llenar el déficit y reponer su capital, trabajaría algo, vería de emprender algún negocio, enajenaría la casa, verbigracia, y tendría estancia, pasaría una parte del año en el campo, economizaría en los meses de verano el exceso de los gastos de invierno.

Eso, bien entendido, si era que antes no lograba lo que andaba persiguiendo, como quien decía ponerse las botas, sacarse la grande, pescar un buen casamiento, con ésta o con aquella, con su polla u otra cualquiera, tres pitos se le daban con tal de que fuese rica.

---

222 *Calabria*: región de Italia meridional.
223 *Pijotería*: tacañería.

– XXI –

Una vez realizado su deseo, vendidos los fondos y comprada la americana, no fue ésta ya, no fue coche, fue el Club.

Contábase, naturalmente el padre entre los miembros del Progreso, y asistía Máxima a los bailes. ¿Qué figura hacía entretanto él, Genaro, a los ojos de su novia? Lo bueno, lo mejor de Buenos Aires se encontraba reunido allí. El mero hecho de ser socio, de tener acceso a ese centro, era como un diploma de valer social, de distinción.

Bastaba que llegara a verse excluido un nombre de la lista, para que, por eso sólo, como una sombra lo envolviera, recayese sobre él una sospecha, una vaga presunción, inspirase una incierta desconfianza y se viese uno expuesto a ser tildado, ya que no de mulato o de ladrón, de guarango, por lo menos, de individuo de medio pelo,[224] de tipo, de gentuza.

Luego; el baile, eso de que agarraran a las mujeres, las abrazaran, las apretaran, como si fuese asunto de ponerse a chacotear con ellas, no le entraba a él; maldita la gracia que le hacía, pensar que se la estaban manoseando a la polla, nada más que porque era a son de música la cosa.

Sí, lo fastidiaba, le daba rabia, no precisamente por ella, porque tuviese celos de la muchacha –¡de loco iba a caer en ésas, ni que hubiese estado queriendo de veras para tomarlo tan a pecho!– sino más bien por él, cuestión de él mismo, de amor propio, de no darse por fumado[225] y de no sentar a los ojos de los otros plaza de zonzo... mucho más, cuando empezaba a traslucirse, a hacerse público entre sus relaciones, que andaba en picos pardos[226] él con la sujeta.

Ser del Club... hacía tiempo también que se le había clavado eso en la frente, que no soñaba con otra cosa.

---

224 *Medio pelo*: americanismo, dícese de la persona que no pertenece a la clase alta pero pretende hacerse pasar por tal.
225 *Fumado*: burlado, engañado.
226 *Andar en picos pardos*: fig. y fam., cortejar.

Tener derecho a meterse como Pedro por su casa, ir a comer, a cenar cuando se le antojara, a echar su mesa, poder codearse de amigo y de compinche,[227] en jarana[228] con toda esa gente, andar entre ella; era como levantarse varas, como para que ni rastros quedaran, ni vestigios del pasado, de su origen, de quién era ni de dónde había salido.

Y, ¡qué pichincha[229] en los bailes, muy de león él entre un sin fin de muchachas, del brazo con la suya, dando qué decir, haciéndose el interesante, de temporada con ella en los rincones, en la mesa!

Si no adelantaba camino así, con esa facilidad de verla, de estar, de hablar con ella horas enteras, a sus anchas; si no conseguía que maduraran las cosas de ese modo, bien podía largarse a freír buñuelos, ¡era más que infeliz, que desgraciado!

Sí, evidentemente, sin duda alguna debía hacerlo, a todas luces le convenía... Pero, ¿y?... querer no era poder, que lo admitiesen, en eso estaba el negocio, la gran cuestión, en no exponerse a un rechazo, a que le fuesen a arrimar con la puerta en las narices y a sufrir él un bochorno inútilmente... no las tenía todas consigo...

Mucho, sin embargo, debía consistir en la persona, en quien lo presentase, en que fuese alguno de posición, de importancia, alguien capaz de influir, de pesar sobre el ánimo de la Comisión, y que hablara, que tomara la cosa con calor y se interesase por él llegado el caso.

¿Quién entre sus conocidos, entre sus amigos? ¡contaba con tan pocos!; amigo, amigo verdadero, podía decir, que con ninguno; y todo por culpa suya, a causa de su modo de ser, de su carácter, de ese maldito don de malquistarse con los otros, de acarrearse la antipatía y la malquerencia de cuanto bicho viviente lo rodeaba.

Pensó primero en su abogado.

No, no era el hombre; no sabía, desde luego, no le constaba hasta qué punto pudiera tener vara alta[230] en el Club; le desconfiaba, le parecía muy criollo, muy rancio enteramente, vicioso de mate amargo y de negros[231]; imposible que fuese de los que llevaban la batuta[232]... gracias que lo aguantasen...

Y además, debía andar con él medio torcido el hombre; hacía un siglo que no lo veía, desde que había dejado los estudios y le había tirado con el empleo.

Alguno de sus antiguos condiscípulos más bien... Sí, uno, se le ocurrió, Carlos, un buen tipo, un buen muchacho, y de lo primero, de lo principal de Buenos Aires; se habían llevado muy bien siempre los dos, varias veces había sido de la comisión, según tenía idea de haberle oído, y no salía, pasaba su vida en el Club.

Creía que no se le negaría, que se había de prestar tal vez a servirlo. Iría a verlo en todo caso, trataría de calarlo, de saber en qué disposición se encontraba, de tantear primero el terreno por las dudas...

Bueno era no sacar los pies del plato...[233]

---

227 *Compinche*: amigo.
228 *Jarana*: diversión bulliciosa.
229 *Pichincha*: argentinismo, ganga, negocio ventajoso.
230 *Vara alta*; influencia.
231 *De negros*: de cigarros negros, considerados más ordinarios que los rubios.
232 *Llevar la batuta*: fig. tener poder, autoridad.
233 *Sacar los pies del pato*: fam. hacer, en una situación determinada, algo inaceptable.

– XXII –

—¿Es muy difícil ser admitido de socio en el Progreso?

—Según; ¿por qué me lo preguntas?

—Por nada, así no más, te hablo de eso como de otra cosa cualquiera.

—Depende del candidato, y también del modo como puede hallarse compuesta la comisión.

Los viejos, los socios fundadores son generalmente más duros, más llenos de escrúpulos y de historias. Retrógrados, reacios por principio y por sistema, entienden que el Club de hoy, sea el mismo de antes; no les entra que van corridos veinte años desde entonces, que hicieron época ellos ya, que las mujeres de su tiempo son hoy mujeres casadas, mancarronas[234] con media docena de hijos la que menos y que el Club así es un velorio.

Los jóvenes, los muchachos, no pasan de seguir siendo muchachos para ellos, mostacilla[235]... apenas si se resignan a mirar —y no por cierto de muy buen ojo— que uno que otro tenga entrada; y ha de pertenecer al número de los elegidos ése, fuera de lo cual no hay salvación, al circulito de familias salvajes–unitarias del sitio del 53,[236] ha de ser más conocido que la ruda y limpio como patena[237].

Oíalo Genaro en silencio; alterado, palpitante el pecho, arrebatado el rostro por el fuego de su sangre; un malestar, un amargo desencanto lo invadía; veía remotas, perdidas ya sus esperanzas; le parecía insensata ahora, temeraria su aspiración. Que lo aceptasen a él, él imponerse, él querer hacerse gente... ¡Cómo, un instante siquiera, había podido caber semejante absurdo en su cabeza!... ¡debía haber estado ido o loco!...

---

234 *Mancarronas*: caballería vieja.
235 *Mostacilla*: fig., persona sin valor, ni experiencia.
236 *El sitio del 53*: se trata del sitio que encabezó Hilario Lagos a raíz de la separación de Buenos Aires de la Confederación.
237 *Limpio como patena*: fig., la patena es el platillo donde se pone la hostia durante la misa.

—Ahora –prosiguió, sin embargo, el otro–, cuando somos nosotros los que dirigimos el pandero,[238] la cosa varía de aspecto.

Como no nos causa mucha gracia que digamos pasar el tiempo leyendo diarios y jugando al mus,[239] al chaquete[240] y al billar con una punta de vejestorios,[241] como, ante todo, lo que queremos es armarla, poder pegarle, noche a noche si a mano viene, jarana, diversión, batuque,[242] lo primero que se nos ocurre, en cuanto empuñamos las riendas del gobierno, es abrir de par en par las dos hojas de la puerta y que vaya entrando gente, la muchachada, el elemento nuevo y de acción, ¡los de hacha y tiza!...[243]

Pero y usted amigo, ¿qué hace, por qué no se anima y se presenta usted también?

—¡Dios me libre! soltó Genaro con voz precipitada, bajo la impresión aún de las primeras palabras de su compañero, brotando de lo más íntimo de su alma aquella brusca exclamación.

—¿Y por qué, hombre, temes acaso que no te acepten?

—Eso no; ¿por qué no me han de aceptar? no soy ningún sarnoso yo.

—¿Y entonces?

—No es eso –continuó Genaro buscando una salida, tratando de encontrar una excusa, algún pretexto–, el gasto es lo que embroma, los cinco mil pesos, según creo, que tiene uno que largar.

—¡El gasto... el gasto... de cuando acá tan pobrecito... todo un dandy, un mozo con coche y con tertulia en el Colón!...

—No, no tan calvo,[244] no creas; tengo atenciones yo, deberes serios que llenar; la vieja gasta mucho en Europa, yo mismo aquí suelo salirme de la vaina.

—¡Bah, bah!... no embrome compañero... Sobre todo, si necesita, hable, aquí estoy yo, aquí me tiene a sus órdenes.

—Muchas gracias, mi doctor.

—No hay de qué darlas –un momento de silencio se siguió.

Era un exagerado, un flojo de cuenta, de haberse conmovido, de haberse asustado así.

Hablaba Carlos de su posible ingreso como de la cosa más natural del mundo, se le había brindado, se había puesto a su servicio, había querido hasta prestarle dinero para el pago de su cuota.

No era tan absurda entonces, tan descabellada su pretensión, no era tan fiero el león como lo pintaban... llegó a decirse Genaro reaccionando en sus adentros, vuelto ya de la emoción violenta que acababa de dominarlo.

Y, alentado por las facilidades que se le ofrecían, en presencia de la aparente seguridad de que se mostrara su amigo poseído, poco a poco él mismo atreviéndose, dejándose llevar de la invencible tentación, concluyó por franquearse abiertamente con aquel.

---

238 *Pandero*: instrumento rústico formado por uno o dos aros superpuestos.
239 *Mus:* un juego de cartas.
240 *Cachete*: un juego de mesa parecido al juego de damas.
241 *Vejestorios*: forma despectiva, personas viejas.
242 *Batuque*: argentinismo, mezcla, desorden, confusión.
243 *Los de hacha y tiza*: fig., los que no se dan por vencidos.
244 *No tan calvo*: la expresión a la que se alude es: "No tan calvo que se le vean los sesos," no exagere.

—Para qué andar con vueltas y con tapujos —exclamó de pronto—. Si quieres que te diga la verdad hermanito, a ti que eres mi amigo, no es la voluntad, no son las ganas las que me faltan, sino que hay algo en el fondo de lo que tú te imaginabas.

Sí, ¿por qué ocultarlo? no dejo de tener mis desconfianzas, mis recelos... que vaya por casualidad, a no caerle en gracia a alguno y a salir al fin con el rabo entre las piernas, corrido, desairado...

Eso, nada más que eso es lo que me detiene; ya ves que no peco por falta de modestia.

—Hum... –limitose a hacer el otro como si bruscamente acabara de asaltarlo, como en una involuntaria y súbita fluctuación, como dando a comprender a pesar suyo que no se hallaba distante de compartir los temores de Genaro, pesaroso acaso por haber inspirado a éste una confianza que, después de un segundo de reflexión, él mismo no abrigaba.

Bien podía no carecer de razón el pobre diablo; porque, en fin, si bien a juzgar por el género de vida que llevaba, por el lujo relativo que gastaba, parecía no hallarse desprovisto de recursos, de fortuna, si bien el contacto, el roce universitario con los muchachos de su época le daba cierto barniz, le permitía vivir entre ellos, juntarse con cierta gente, personalmente él, ¿quién era?

No, nada extraño que, metiéndose a camisa de once varas, le averiguaran la vida y resultase el pobre malparado.

¿Y cómo sacarse él mismo el clavo de encima ahora?... Era claro, había ido Genaro a verlo con la intención de valerse de él, de pedirle que se encargara: de presentarlo...

¡Maldito!... ¿para qué habría hablado, para qué lo habría hecho consentir al individuo?... La manera luego, la facilidad de decirle que no... Se había portado como un cadete,[245] se la había pisado como un tilingo.[246] Mal negocio, desagradable, fastidioso... muy fastidioso... Más que por él, por el otro desgraciado.

—¿Pero, qué te parece hermano a ti, qué piensas tú de la cosa, crees que corra algún peligro? Dímelo con toda franqueza, como amigo.

—¡No, hombre... qué voy a creer yo, por dónde me voy a figurar... son historias, tonteras tuyas... bueno fuera!... No me parece que habría motivo...

Y, no obstante haber llamado su atención el cambio operado en Carlos, su actitud, su reserva, su repentina frialdad, el tono ambiguo y dudoso de sus palabras:

—¿Quiere decir entonces —acabó por exclamar Genaro, resuelto a jugar el todo por el todo, a no ceder, una vez comprometido su amor propio–, que no tendrías inconveniente en ayudarme, en prestarme tu concurso, en ser tú quien se encargara del asunto?

—¿Yo?... este... bueno, convenido.

---

245 *Como un cadete*: como un principiante.
246 *Tilingo*: argentinismo, fatuo, insustancial, necio; dícese de la persona que habla muchas necedades.

– XXIII –

Ocho días, ocho mortales días debían pasar durante los cuales se hallaría su nombre en la picota, escrito con todas letras sobre un pliego de papel, en un lugar visible, expuesto a las miradas de todos... Era obligatorio, era de reglamento eso, habíale dicho Carlos.

¡Bien haya!... ¡y tanta antipatía, tanta mala voluntad que le tenían!...

Si por el sólo placer, por el sólo prurito de causarle daño, alguien, alguno de sus conocidos, de sus antiguos compañeros de aula, fuese a hacer su triste historia, a revelar su vida y milagros en el seno de la comisión, su familia, su padre, su madre, su infancia, el conventillo de la calle de San Juan, todo ese pasado de miseria y de vergüenza, el cuento en fin del chino del mercado, repetido de boca en boca, público, proverbial entre los estudiantes de la Universidad, todo sería sacado a colación, todo, con pelos y señales, saldría a luz... lo hundirían con eso... ¡lo mataban!

Y en la zozobra, en las ansias de la espera, el tiempo se eternizaba, las horas se volvían siglos para él.

Sombrío, taciturno, veíasele vagar, errar a la aventura, día y noche perseguido por la incesante obsesión; que le cerraran las puertas, que lo expulsasen, que ignominiosamente, por indigno lo rechazasen.

Le parecía oír el ruido, percibir el sonido seco, el golpe mate de las bolillas al caer, ver que abrían la urna, que salían negras aquellas, y la urna, las bolillas, la comisión erigida en tribunal, todo ese formulismo del secreto, todo ese aparato del voto, involuntariamente despertaba en él una reminiscencia: su examen, la otra urna, el otro tribunal, el robo que cometiera y que había quedado impune. Si la iría a pagar con réditos de esa hecha... Si habría justicia... ¿Si sería cierto que había Dios?...

Buscaba en vano tregua a su aflicción, en vano, hacía por no pensar, no recordar, por distraerse, por aturdirse siquiera y bebía, pedía Jerez, Oporto, Champagne en sus comidas.

Ni el vapor capitoso de los vinos, ni la camaradería bulliciosa de sus amigos, ni el vaivén, la confusión, el movimiento de las calles, la pública animación en los paseos, en los cafés, en los teatros, bastaban a arrancarlo de su hondo ensimismamiento; ni aun sus amores mismos, ni aun Máxima, con la que impensadamente, como al acaso, se encontraba, cuyos pasos seguía de una manera mezquina, por el hábito sólo, por la costumbre de seguirlos y en quien detenía como un autómata los ojos, a quien miraba sin ver, inconsciente, sin saber, absorto todo entero en la idea fija.

Llegó a espirar el plazo, sin embargo, llegaron a vencerse los ocho días. En las primeras horas de la noche debía ocuparse de él la comisión; le daría inmediata cuenta Carlos del resultado, se verían ambos a las diez en el Café de París.

Antes de la hora y fatigado ya de esperar, había agotado Genaro su provisión de cigarros, había pedido cognac, chartreuse, anisette, no importaba, lo que se le hubiese antojado al mozo darle, una cosa de ésas, cualquiera con el café... y diarios que había dejado sin leer, doblados sobre la mesa.

Las diez, diez y cuarto, diez y media; abríanse las puertas, de nuevo se cerraban, rechinaban sus goznes, golpeábanse sus hojas, volvía Genaro la mirada inquieta; nada... eran caras extrañas, habituados del café, gente que entraba y que salía... no aparecía el otro, no se le veía asomar.

Equivocaba la hora o el lugar de la cita, entendía que habían hablado del Café de Catalanes[247]... ¿había faltado acaso número?... sí, eso más bien; no había podido reunirse la Comisión por ausencia de alguno de sus miembros... De todos modos, debía habérselo avisado Carlos.

¿O era que lo había echado en olvido, preocupado tan sólo de sus asuntos?... Imposible, habiendo todo lo que le iba a él en la partida... ¡habría sido imperdonable de su parte, como para quebrar con él, como para echarlo en hora mala y no volver a hablarle en la vida!...

Por fin, después de esperar en vano hasta las once, notó Genaro que uno de los mozos se acercaba trayendo un papel, como una carta en la mano.

—Esto, señor, me ha entregado hace un instante el portero; dice que lo han dejado para usted.

Encendido de súbito, rojo de emoción, un tinte lívido, terroso de cadáver, bañó luego el semblante de Genaro. Temblaba el papel entre sus dedos; acababa de leer la dirección, era de Carlos la letra...

¿Por qué en vez de ir, le escribía?

Y violentamente, nerviosamente, sin darse él mismo tiempo a más, rasgó el sobre de la carta:

«Mi querido Genaro», pudo ver cómo al través de un humo espeso, varias

---

247 *Café de Catalanes*: situado en San Martín y Cangallo.

veces obligado a restregarse los ojos, nos ha ido mal, no obstante mi mejor voluntad y mi empeño en obsequio tuyo.

Pero, qué quieres, la gente ésta es así, vana y hueca, hinchada como pavos reales.

Todo lo que he podido obtener es que se dé por retirado o, mejor, por no recibido tu asunto.

Ten calma, filosofía... ¡qué te importa!; por último, ¡vales tú tanto o más que ellos!

Siempre tu amigo,

Carlos.»

Sin haber querido, alentado por un resto de esperanza que, a pesar de todo, no lo abandonaba, sin haberse atrevido a penetrar en lo íntimo de sí mismo, a poner el dedo sobre la dolorosa llaga, tenía Genaro, había tenido siempre una conciencia vaga en el fondo, un oscuro presentimiento, como una oculta intuición del desenlace anunciado.

No fue pues el golpe asestado a traición de la sorpresa, ni el grito honrado que subleva la injusticia, ni el negro abatimiento, ni la honda postración del infortunio; fue el despecho de la envidia, la rabia de la impotencia, un bajo estallido de odios, lo que brotó de su labio.

¡Quién los veía, quién los oía a ellos, a todos... de dónde procedían, de dónde habían salido, quiénes habían sido, su casta, sus abuelos!... ¡gauchos brutos, baguales,[248] criados con la pata en el suelo,[249] bastardos de india con olor a potro y de gallego con olor a mugre, aventureros, advenedizos, perdularios,[250] sin Dios ni ley, oficio ni beneficio, de ésos que mandaba la España por barcadas, que arrojaba por montones a la cloaca de sus colonias; merchachifles[251] sus padres, tenderos mantenidos a chorizo asado en el brasero de la trastienda y a mate amargo cebado atrás del mostrador; tenderos, mercachifles ellos mismos!...

¡Y blasonaban de grandes después y pretendían darse humos, la echaban de hidalgos, de nobleza, se ponían cola en el nombre, se firmaban de, hablaban de sus familias, querían ser categoría, aristocracia y lo miraban por encima del hombro y le tiraban con el barro de su desprecio al rostro!...

Aristocracia... ¡qué trazas, qué figuras ésas para aristocracia, aquí donde todos se conocían!

¿Él?... Sí, cierto, era hijo de dos miserables gringos él, pero habían sido casados sus padres, era hijo legítimo él, había sido honrada su madre, no era hijo de puta por lo menos, no tenía ninguna mancha de esas encima, mientras que no podían decir todos otro tanto y que levantándoles a muchos de los más engreídos la camisa...

Y nombres propios, nombres y apellidos, ecos recogidos por él en su niñez, cuentos de cocinera comadreando en los mercados, enredos de la chusma de servicio, en las casas donde había tenido entrada la madre en otros tiempos,

248   *Baguales:* salvajes. Se aplica al ganado cerril.
249   *Con la pata en el suelo:* descalzos.
250   *Perdularios:* viciosos.
251   *Mercachifles:* mercaderes de baratijas.

chismes de criados repetidos por aquella, de noche, en sus conversaciones con el viejo y que él oía; lo que sabía más tarde, lo que se susurraba en las aulas, lo que de sus casas, de sus familias, de sus madres, de sus hermanas murmuraban, unos de otros, entre sí los estudiantes, toda la baja y ruin maledicencia, la moneda corriente de la chismografía callejera, fue como en arcadas saliendo de su boca, como chorros de veneno fue vomitada por él.

Y querían ser aristocracia, y lo habían echado a la calle... repetía... Bendito Dios... ¡no arder la casa con todos ellos adentro!...

– XXIV –

¡Oh!, pero el que lo heredaba no lo hurtaba; eran cabezudos todos los de su cría y sin pizca de vergüenza, para mejor, con tal de sacar tajada.[252]

¡Había perdido una chica, cómo había de ser... tiempo al tiempo... no desesperaba de la revancha; le habían cerrado la puerta, podía muy bien suceder que se les metiese por la ventana!...

Lo único que, pasado el primer momento de rabia, seguía haciéndole escozor, lo que únicamente le estaba dando que pensar, era que fuese a correrse la voz, a divulgarse y a llegar a oídos de la muchacha su pelada de frente... [253]

Muy capaz, con las ínfulas que debía tener, de mirarlo como a perro... Malo entonces, entonces sí, trabajo y tiempo perdido... cuestión de volver a las andadas con alguna otra, y desconceptuado, desprestigiado por añadidura, desmonetizado en plaza como metal de mala ley.

Sin duda, decíale Carlos en su carta, que había conseguido retirar en obsequio a él la solicitud, que era como si no lo hubiesen votado. Farsante ese también... ni medio que debía haberse empeñado, le había sacado el cuerpo, lo había dejado colgado no más... mucho le iba a hacer creer, mucha fe le iba a tener... ¡eran cortados todos por la misma tijera!...

Pero aun en el supuesto de que hubiese dicho la verdad, ¿hasta dónde era de fiar eso, de atribuirle importancia, hasta qué punto merecía ser mirado por él como una garantía?

Historias probablemente, partes, faramalla[254] del otro por dorarle la píldora...

No, no había que hacerse ilusiones, de una cosa podía vivir penetrado, convencido, era de que se hallaba solo, solo contra todos en el mundo...

---

252 *Sacar tajada*: obtener beneficio.
253 *Pelada de frente*: fam., su fracaso.
254 *Faramalla*: conversación retórica destinada a engañar.

¿La vieja?... No entraba para nada en cuenta su madre, estaba bien donde estaba, allá, en su tierra, metida con sus parientes. Como no volviese... ¡un estorbo menos!

Sí, universalmente mal visto y mal querido, nunca, de nadie le sería dado esperar apoyo ni concurso y librado a su propio esfuerzo, a su sola acción, debía no pararse en pelos él, hasta entrar por el aro del diablo, si a mano venía; todos los medios eran buenos, todos sin excepción, dispuesto, resuelto como se encontraba.

¿Qué situación era entretanto la suya?

Lastimosamente, desde luego, perdía el tiempo. Eso de pasárselo de ojito con la otra, podía haber estado muy bueno y muy divertido y muy bonito como exordio,[255] para empezar, pero a nada conducía, nada significaba a la larga, era en suma cosa de criaturas, de tilingos.

Y pobre, tirando lo poco que tenía, en camino de quedarse antes de mucho en media calle y rechazado ahora del Club, con esa vergüenza, con esa afrenta más sobre el alma, ¿le convenía dejarse andar, perdida la esperanza, además, la ocasión de acercarse a Máxima, de hablar con ella en los bailes?

Cuanto antes debía ver, debía tratar de metérseles a los viejos en la casa.

¿Cómo? No lo sabía. ¿Que alguien lo presentara? A nadie conocía que tuviera relación con la familia. ¿Buscar quién la tuviese? No, estaba curado, escamado ya; no quería exponerse a otro desaire, a sufrir un nuevo chasco.[256]

Luego, ir así, hacerse llevar oficialmente, porque sí, acusaba ciertos aires, cierta dosis de vanidad, de pretensión, que bien podía perjudicarlo, colocarlo en mal punto de vista, en mal concepto a los ojos de la familia.

Entraría a indagar, naturalmente, a informarse, a temer, cavilar el viejo. Quién era el tipo, el *quidam*[257] ése, qué quería, qué andaría buscando en su casa, no sería de fijo ni a él ni a su mujer sino a su hija, a la muchacha probablemente.

Y claro, no faltaría, como no faltaba nunca, un oficioso, un comedido que le fuese con el chisme y lo pusiese en autos.[258]

No, no era ésa la manera; las vueltas, los rodeos, la línea curva solían ser el camino más corto y más derecho. Encontrar un motivo, una razón, alguna excusa, entrar como sin querer, como obligado y, haciéndose el mansito, el humilde, el mosca muerta, a fuerza de arte, de maña y zorrería, concluir por ganarle el lado de las casas,[259] por cortarle el ombligo[260] a toda esa gente.

Una comisión, alguna fiesta, algún concierto a beneficio de los pobres..., cualquiera suscripción, recolección de fondos..., algo, algo así, para que le ofreciesen la casa...

---

255 *Exordio*: principio.
256 *Chasco*: desilución.
257 *Quidam*: latín, sujeto cuyo nombre se quiere eludir.
258 *Lo pusiese en autos*: lo informara, ponerlo al tanto.
259 *Ganar el lado de las casas*: ganar su confianza.
260 *Cortarle el ombligo*: fam., captar la voluntad.

– XXV –

Veraneaba la familia de Máxima en una quinta de los contornos de Belgrano.[261]

Al caer la tarde de uno de esos días sofocantes de diciembre, bajo el corredor, al este, hallábase reunida la joven con sus padres; respiraban en una tregua del calor barrido por la brisa fresca de la virazón.[262]

Una nube espesa de polvo, al pie de la barranca, tras del cerco de cañas del camino, como si hubiese parado allí el carruaje que la levantaba, empezó poco a poco a disiparse.

Y, momentos después, en efecto, un hombre aparecía, penetraba con paso incierto y cauteloso, como pisando en vedado, tendía el cuello, paseaba la mirada, se detenía, de nuevo volvía a avanzar, subía, se aproximaba, siguiendo las eses de una senda, sugiriendo vagamente en su ademán, en su andar, la idea del andar escurridizo de las culebras.

Notando de pronto la presencia de los habitantes de la casa, ocultos hasta entonces a su vista por las plantas del jardín:

—Perdón, señor –dijo a la distancia en tono suave, con acento tímido y pegajoso, dirigiéndose al padre de Máxima–, acaba de sucederme una pequeña contrariedad, un pequeño accidente en mi carruaje, un tornillo que he perdido, que ha caído de la vara... es poca cosa, casi nada, lo bastante, sin embargo, para que no me sea posible continuar.

Algo, un pedazo cualquiera de cordel, con que asegurar la vara me bastaría y he tenido el atrevimiento, me he tomado la libertad de entrar...

—Ha hecho usted muy bien, señor, inmediatamente voy a mandar, dígnese sentarse entretanto, sírvase aguardar un instante.

---

261 *Belgrano*: pueblo fundado a mediados del siglo que en 1884 se une al municipio federal.
262 *Virazón*: viento que por las tardes rota al Sud-Este y sopla desde el mar.

Y llamando a una de las personas de servicio, al cochero de la casa, ordenó que éste bajara y sin pérdida de tiempo, se ocupase del arreglo del carruaje.

—Un millón de gracias, señor, pero... temo de veras molestar, ser indiscreto y pido a ustedes, desde luego, mil perdones.

—Absolutamente, señor... –Un cambio de palabras, de frases banales se siguió; el tema obligado de los que hablan entre sí por vez primera y nada quieren o nada tienen que decirse.

Máxima solo guardó silencio, encendida la mejilla, la vista esquiva, como en un nervioso desasosiego de toda ella.

Diez minutos después, sin embargo, anunciaban hallarse listo el carruaje. Su dueño entonces, sin esperar a más, poniéndose de pie y sacando del bolsillo su tarjeta:

—Reitérole, señor, mi más sincero agradecimiento –dijo–, usted en mí a un humilde servidor.

—Ésta es su casa caballero; estamos aquí a las órdenes de usted.

Y atentamente, desde el borde de la barranca, despidió el viejo a su huésped.

«Genaro Piazza», leía de vuelta, al dirigirse de nuevo junto a su mujer y su hija:

—No conozco, no sé quién pueda ser... pero parece muy bien el joven, muy fino y muy decente...

—¡Magnífico, espléndido, impagable! –exclamaba el otro para sí saltando en su asiento de alegría, mientras, suelta la rienda del caballo, alejábase envuelto entre el torbellino de polvo del camino.

– XXVI –

Aprovecharse ahora, a no dejar que se entibiara, volver cuanto antes, sobre el rastro, dos o tres días después.

Sí, pero volver... aquí estoy porque he venido... muy suelto de cuerpo, de visita, como de la casa, de la relación, como criados juntos... ¿Y qué significaba, quién lo metía, a asunto de qué?

¡Hum!... medio así, medio turbio, medio feo, no muy católico[263] estaba eso... era como para que desconfiara el padre y abriese el ojo.

¡Valiente casualidad, rompérsele el coche tan luego en la misma puerta y qué rotura! ¡Vaya unas ganas, un entusiasmo, valido de que por política, por cumplimiento nada más, salían ofreciéndole la casa, soplarse a renglón seguido!...

Era decididamente más difícil entrar por la puerta abierta, volver la segunda vez que haber estado la primera.

Pero vería, pasaría, nada le costaba, era de todos la calle, tal vez lo esperara Máxima en el jardín, en la barranca, tenía tiempo de pensarlo sobre todo y de decidirse o no.

---

263   *católico*: en esta frase se usa "católico" con el sentido de aceptable.

–XXVII –

Moderó su marcha a la distancia; avanzaba al tranco el carruaje, perplejo, irresoluto su dueño.

¿Sujetaría, entraría? Podía hacerlo, le habían dado ese derecho, iba sin duda alguna a recibirlo la familia, no peligraba de seguro que lo echasen a la calle con cajas destempladas... pero... ¿de qué les hablaría él, sobre qué conversaría, cómo explicar su presencia allí, sin causa, sin pretexto ahora?

Aproximábase entretanto, iba llegando ya, iba a cruzar frente al portón de entrada. Habríase dicho desierta la quinta, inhabitada; a nadie se distinguía, un gran silencio reinaba. ¡Sí, qué canejo,[264] a Roma por todas partes,[265] de los osados era el mundo!...

Y, como si una mano extraña empuñara las riendas del carruaje, siguió éste andando, sin embargo, continuó Genaro, al trote de su caballo, con dirección a Belgrano.

Tocaba, frente a la estación, una banda de música en momentos en que él llegaba. Bajo la doble fila coposa de las calles de paraísos, numerosa afluencia de personas se notaba, familias que residían durante los meses de verano en el pueblito, otras que salían de la ciudad en sus carruajes, gente que iba a caballo o en el tren.

Acá y allá, sobre los bancos de paseo, diseminadas las madres; reunidas las hijas entre sí, yendo y viniendo, estacionando por grupos de amigas en sociedad de jóvenes, de «mozos». Se acariciaban ellas, se tomaban de la cintura, unas sobre otras, mimosamente se recostaban, balanceaban el cuerpo, apretábanse la mano, jugueteaban con flores en los labios. Ellos risueños, animados, decidores, afectando a ratos inclinarse, cambiar con gesto picaresco

---

264 *Canejo*: argentinismo, ¡caramba!
265 *A Roma por todas partes*: expresión que otorga importancia a los fines sobre los medios.

al oído de sus vecinas alguna palabra breve, alguna frase furtiva.

Y fumaban, hasta tabaco negro fumaban entretanto, y era destemplado y chillón todo aquello, el tono de las voces y de los colores, confundido con el tono de la banda chillón y destemplado.

¿Estaría Máxima allí? Bajó Genaro, buscó, uno a uno observó los grupos, recorrió en todo sentido las calles del paseo; cuando luego de trascurrido largo rato y de haber ya perdido la esperanza de dar con ella, entre lo espeso de la concurrencia, creyó a lo lejos atinar a distinguirla.

Sí, con la madre; venía hacia a él, vestida de *foulard*[266] de la India a cuadro escocés, dominando apenas el azul marino entre las tintas apagadas y sombrías de la estofa;[267] ceñido, de relieve el talle; la pollera estrecha, caída simplemente, sin adorno; perdida la pesada masa de su pelo negro, bajo el ala de un sombrero de paja oro antiguo y terciopelo. Dejaba ver el pie coquetamente, entrever, presentir más bien, al caminar, el nacimiento de la pierna en la seda violeta de sus medias.

Pasaron. Sonriéndose, con gesto amable, había retribuido el saludo de Genaro la señora. Volvieron a pasar; Máxima y él se miraron... como sabían mirarse.

Y timorato, aprensivo, sin embargo, cobarde, con una cobardía austera de avaro, no quiso dejarse estar.

¿Por qué precipitarse, a qué apresurar la marcha de los sucesos? No, despacio, poco a poco era mejor; con tiento, con prudencia, con cautela... no veía la necesidad de andar llevándose todo por delante...

Ahora, especialmente, que sabía, que seguro estaba de encontrarlas los jueves y los domingos a esa hora. Aunque no quisiese la madre, tendría que ir, llevada, arrastrada por la hija... Y no había de faltar ocasión después, una oportunidad cualquiera, alguna coyuntura favorable, que le permitiese acercarse sin violencia, como una cosa natural, como llevado de la mano, como que cayera de su peso hacerlo así.

---

266 *Foulard*: francés, seda.
267 *Estofa*: tela o tejido por lo general de seda.

– XXVIII –

Tal cual habíaselo imaginado y lo anhelaba, un día de fiesta, en que, por excepción, llegó a ser más numerosa la asistencia, oyó Genaro que murmuraba la madre de Máxima al cruzar junto a él:

—Me sentaría, ¿dónde, si están todos llenos los asientos?

—Aquí señorita... permítame señora... –diose prisa a exclamar aquel poniéndose de pie bruscamente.

—No, señor, de ningún modo... ¿y usted?

—¡Oh! yo... no se ocupe usted de mí.

—Es mucha amabilidad, mucha galantería la suya y le agradezco y acepto señor, porque me siento de veras algo fatigada.

¿Acababa de hablar la vieja sin echar de ver que se hallaba cerca de él, o con su intención lo había hecho, cansada de andar rodando, se había valido de ese medio para que le cediese el asiento?

Casualidad o no, ¿qué le importaba?... Estaba rota la escarcha, había pasado el Rubicón,[268] ¡podía apretar ahora las clavijas!...

Y a pretexto una vez más de la invocada fatiga de la señora, en momentos de retirarse ésta con su hija, ofreciose Genaro a conducirla hasta el carruaje:

—Hemos venido a pie, estamos tan cerca...

—Con más razón entonces, dígnese usted apoyarse en mí, señora, tomar mi brazo.

---

268 *Pasar el Rubicón*: alude al conocido episodio protagonizado por Julio César; fig. dar un paso decisivo e irreversible.

– XXIX –

Admitido a frecuentar la casa, aceptado por la familia, una intimidad, una confianza, cada vez mayor, insensiblemente se establecía.

No que fuera ésta provocada por Genaro, que tratase él de imponerse, que su conducta, su actitud, hubiesen nunca acusado de su parte el más ligero desmán, la más pequeña licencia. Lejos de eso, medido siempre y circunspecto, reservado, retraído en presencia de los padres, pecando más bien por un exceso de timidez y de modestia, hacía como por estudio gala de conservarse humilde a la distancia.

Era una monada[269] el joven, solía decir hablando de él la señora, tan atento, tan amable y tan formal al mismo tiempo... no había cuidado de que se excediese, de que se propasase en lo más mínimo ése, no era como otros atrevidos, sabía darse su lugar.

Sí, cierto, convenía el padre, parecía bueno el muchacho, discreto, serio, decente, muy hombrecito... y no era tonto tampoco.

Sin duda, otros miembros y allegados de la familia, parientes, amigos, que estaban más o menos al corriente de lo que a la vida de Genaro se refería, encontraban extraña, inexplicable, la facilidad con que había sido éste acogido, y los avisos, las advertencias, las reflexiones y consejos naturalmente no escaseaban.

¿Qué, no sabían? Se decía que era hijo de un tal y de una cual, se hablaba muy mal de él, había tenido la audacia, el atrevimiento de hacerse presentar de socio al Progreso y le habían echado por supuesto bola negra; sus mismos compañeros lo miraban en menos, los mismos de su edad, era un tipete[270] en fin, en ninguna parte, en ninguna casa decente visitaba, sólo ellos lo recibían.

---

269   *Monada*: argentinismo, encanto.
270   *Tipete*: peyorativo, tipejo, persona despreciable.

¡Calumnias —exclamaba, tomando la defensa de Genaro indignada la señora—, mentiras, habladurías, la envidia no más que le tenían!...

Pero era vago, indeterminado lo que se decía, observaba a su vez tranquilamente el marido, ningún cargo directo veía él formulado contra el joven, ningún acto desdoroso, ninguna mala acción de que se pretendiese hacerlo responsable.

Que era de origen humilde, y bien, ¿qué querían significar con eso? Tanto mayor mérito de parte suya si, no obstante la condición de sus padres, había sabido abrirse paso y elevarse a otro nivel.

¿Qué lo habían rechazado del Club? Muy mal hecho desde el momento que nada podían reprocharle, que nada demostraba que no fuese personalmente digno y honorable...

No, no lo satisfacía, todo eso no bastaba, para que se creyese, en conciencia, autorizado a despedirlo de su casa, para darle a él tal derecho. Había indudablemente de por medio mucha mala voluntad, mucho de injusto, de infundado. No sabía por qué se ensañaban así contra el pobre mozo.

Sobre todo, no lo quería para marido de su hija él... ¡que lo dejaran quieto!...

Y ocupado de sus negocios, saliendo con frecuencia, yendo a la ciudad, concurriendo de día, a la Bolsa, de noche a la Sociedad Rural entre cuyos miembros figuraba, con frecuencia también acontecía que llegasen a encontrarse solos en la quinta la señora y Máxima.

La madre misma, en el concepto favorable, en la alta idea que de Genaro abrigaba, en la confianza ilimitada y ciega que había sabido éste inspirarle, solicitada por las mil atenciones de su casa, no vacilaba en ausentarse de la sala o del jardín, en tolerar sin sombra de recelo que, solos ambos, permaneciese largas horas junto a su hija.

¡Oh! ¡y no había perdido su tiempo él; lejos hallábase ahora de la época de sus platónicos festejos, de sus vanos y pueriles amoríos, un día y otro día concretado, reducido a contemplarla y a seguir su huella a la distancia!...

Era más que la dulce confesión, que la mágica palabra de silla a silla cambiada, más que la frase al oído murmurada en la tibia caricia del aliento, buscando otro pie el pie, oprimida la mano entre otra mano; era más que el beso hurtado, de sorpresa arrebatado; era el beso prodigado, querido, exigido en la fiebre avarienta del deseo, en el voraz incendio de la sangre.

Y más aún, todo habría sido, sin las postreras aprensiones, sin las alarmas supremas de la virgen:

—Sí, tesoro, sí chinita, déjame, ¡mira cómo me pones, cómo sufro, no seas mala, no seas cruel!...

—No, eso no, no quiero... ¡nunca, eso jamás!

– XXX –

Pero había de ser, tenía que suceder un día u otro no más, por mucho que no quisiese sucedería, no se había de ir muy lejos.

¡Bien conocía los bueyes con que araba, bien sabía a qué atenerse, el papel que desempeñaba, cómo era recibido él por la familia, que no hacían más que tolerarlo los viejos, que lo admitían como de lástima, que lo miraban como a bicho inofensivo, como a una especie de cuzco[271] de la casa, que lo tenían en cuenta de zonzo!

Pero así intentara arrancarse la careta y mostrar las uñas... ¡zas!... lo agarraba el padre de una oreja lo echaba a puntapiés, como sonaba...

No, no había más, no había otro medio, era necesario que cayese la muchacha, que llegase Máxima a ser suya... ¡Y él les había de preguntar, ya verían entonces lo que era bueno!... ¿Qué más remedio les quedaba de miedo de un campanazo, de un escándalo mayúsculo que amuyar[272] y soltar prenda?

¡Ni qué más iban a pretender ni qué más querían últimamente... hasta un favor les hacía con casarse, por muy bien servido podían darse de que, una vez embromada la individua, quisiese él cargar con ella!...

La ocasión... eso, eso, sobre todo le faltaba. Por muy confiada, por muy alma de Dios que fuese la señora, en la casa era imposible, muy difícil, muy expuesto. Una puerta abierta, un espejo, un descuido, algún sirviente, todo, a cada paso, podía venderlos, descubrirlos y, ¡claro! se lo pasaba Máxima azorada, en un continuo dar vuelta, en un continuo mirar y levantarse, ir a espiar.

¿Salir?... no había de querer... ni había de poder, nunca salía sin la madre, y sin embargo, ¡qué pichincha para él pescarla sola por ahí, en alguna parte...

---

271   *Cuzco*: perro vulgar.
272   *Amuyar*: argentinismo, *amusgar*, acceder uno contra su voluntad, o por violencia o temor, a la pretensión de otro.

en un baile de máscaras, por ejemplo, con ocasión del Carnaval que se acercaba, en uno de los bailes del Colón, ya que al Club no podía ir!...

Recordaba haberle oído que la habían invitado a salir en comparsa unas amigas, pero que ella se había negado, por él, porque se imaginaba que no le había de gustar.

Le diría que no fuera tonta y que aceptase, le sometería su plan: estando todas en el Club, se les ocurría de pronto ir al Colón, a ver, a curiosear; un antojo, un capricho, una viaraza[273] de muchachas, consentida, en esos días de locura y de licencia en que todo era permitido.

No se trataba de una cosa del otro mundo en suma; que lo intentara, que hablara con las otras, podían verse ellos así, pasar juntos los dos una parte de la noche.

Lo demás, las intenciones que llevaba él, eso allá para después, ésas eran cuentas suyas...

---

273 *Viaraza*: argentinismo, ocurrencia, capricho.

– XXXI –

Alcanzaba el oído a percibir de lejos como la sorda crepitación de un horno; abiertas las ventanas, todas, de par en par, como en montones por ellas caía, derramábase la luz sobre la plaza; ganduleaban[274] los curiosos ocupando las veredas frente a las puertas de reja de la entrada; la chusma de pilluelos, traficantes de contraseñas, pululaba en media calle y, al ir a penetrar, repleto todo de gente hasta el vestíbulo, un tufo se sentía caliente y fétido, salía del teatro en bocanadas como el aliento hediondo de una fiera.

Aumentaba el rumor, crecía el tumulto, subía de diapasón, llegaba a ser algazara, una algazara infernal adentro; no en la sala, no en el vasto desplayado del proscenio y la platea, donde moros y cristianos confundidos, turcos, condes y pastoras en amoroso consorcio, silenciosa y gravemente y zurdamente se zarandeaban, hamacaban el cuerpo al compás de las mazurcas[275] y habaneras.[276] Apenas el falsete[277] atiplado[278] de algún mocito compadre llegaba a arrojar una nota agria en el conjunto, o perturbaba el orden por acaso el momentáneo tropel de alguna riña.

Era arriba el tole–tole, eran en el *foyer*,[279] en los salones, el barullo, el alboroto, los chillidos, el bullicioso entrevero, el cotorreo enervante, exasperante, de dos mil mujeres criollas disfrazadas, desatadas al amparo del disfraz...

Un grupo de dominós[280] en número de ocho a diez, blancos, pugnaba por abrirse paso, lograba a duras penas penetrar hasta el salón de la esquina.

Juntos todos, paseaban como extrañados la mirada. Si un hombre acertaba

274 *Gandulear*: holgazanear, vagabundear.
275 *Mazurkas*: polca, baile introducido en el país hacia 1840.
276 *Habaneras*: baile de La Habana, especie de contrabanda criolla, que algunos autores vinculan con los orígenes del tango.
277 *Falsete*: voz aguda producida por la vibración de las cuerdas de la laringe.
278 *Atiplado*: hablando de la voz aguda en tono elevado.
279 *Foyer*: francés, vestíbulo.
280 *Dominós*: disfraz largo, generalmente de color negro, con capucha.

de paso a hablarles, bruscamente con un movimiento de muñecos de resorte, volvían la espalda, se estrechaban más aún, sin contestar, soltando algunos la risa bajo el antifaz, una risa nerviosa y sofocada.

Dos, sin embargo, como indecisos y entre ellos consultándose, luego de hablar, de cuchichear al oído un corto instante, desprendiéronse de los otros, aproximáronse a Genaro.

Los observaba éste, de lejos, fijamente, apoyado a una de las columnas del salón.

—Dame tu brazo –díjole uno.

—Con mucho gusto.

—Gracias, querida, y hasta luego entonces.

Ya ves, he cumplido –prosiguió el dominó– Máxima –tomando el brazo de su novio, ambos alejándose–, y no ha sido sin trabajo, te lo juro. No quería por nada mamá, decía que era un loquero el nuestro, que no tenía pies ni cabeza venir nosotras al Colón; pero tanto hemos rogado, insistido y suplicado, que he conseguido por último que nos acompañe y ahí está, la pobre, con otra señora más sentada en el *foyer*, esperándonos.

Vamos a dar una vuelta no más, mi viejo, ¿eh? No voy a poder quedarme, no voy a poder estar mucho contigo; nos han traído con esa condición y hemos convenido en reunirnos dentro de un momento con las otras.

—¿Es ésa la manera de probarme tu cariño, llegas apenas y ya te quieres ir?

—¡Ingrato, di que he hecho poco por ti!

—Lo que digo es que la tengo a usted señora y que no la suelto así no más, a dos tirones.

—Es que no puedo, mi hijito, que van a andar buscándome mis compañeras, que va a estar con cuidado mi madre si me tardo...

—Con ir a verla a tu mamá...

—No, no, ¿para qué? puede caer en cuenta, desconfiar, figurarse que todo mi empeño no ha sido sino por encontrarme contigo; no, que no sepa, mejor que no.

—Pero el tiempo, mi vida, de pasar media hora a tu lado, juntos los dos, de que veas algo por lo menos de este infierno...

No se puede ni caminar, ni respirar acá; hace un calor insoportable y están llenos de gente los balcones; ven, salgamos.

—¿Dónde?

—Donde yo quiera llevarla y cállese la boca y obedezca.

Bajaron la escalera de la plaza, caminaron hasta la esquina, de nuevo entraron por el Café, cruzaron el vestíbulo, siguieron a la izquierda, se detuvieron frente a una puerta; había sacado una llave Genaro.

—¿Qué haces?

—Ya lo ves, abrir y entrar.

Vamos a estar aquí como unos príncipes, solitos los dos tras de la reja.

—¿Y no verán, no se alcanzará a distinguir?

—¡Cómo quieres que se vea, sin luz adentro!

Uno junto a otro sentáronse en la penumbra, en la oscuridad del fondo del palco; Genaro atrás, hacia adelante Máxima.

—Sácate la careta –le pasaba, le deslizaba, al hablarle, el brazo por la cintura–. Un siglo me parece que hace, mi china, que no te miro... y que no te beso.

La atraía, la estrechaba él entretanto; ella quería, se dejaba. Un instante, de cerca, los dos se contemplaron y sus bocas de pronto se juntaron, sus ojos se entrecerraron, largamente, deliciosamente, como quien bebe, seco de sed.

—Bueno, ¿basta no? Estese con juicio ahora, como niñito bien criado y déjeme ver la función.

¡Qué figuras santo Dios, qué cacherío[281] de mujeres éstas... y hasta sucias, che!...

Ella continuó charlando, criticando, ocupándose del público, del baile; él teniéndola abrazada; le decía que la quería, le daba besos él, de vez en cuando, en el pescuezo, debajo de la oreja; se estremecía ella toda, se encogía; uno a uno, empezó con suavidad a desprenderle los botones de la bata él; íbasela de nuevo abotonando ella:

—Vaya... quieto... estese quieto, quietito le digo... –en una dulce languidez, perezosamente, como dormitando repetía.

Turbaba, embargaba el aire los sentidos; marcaba un olor acre a sudor y a *patchoulí*, podía provocar el asco o el deseo, como repugnan o incitan a comer ciertos manjares. Pasaban entrelazadas como hechas trenzas las parejas. Un hombre y una mujer, cerca, allí, se manoseaban. La orquesta terminaba el vals de Fausto.[282]

Bruscamente se sintió, se vio arrojar, echar de espaldas Máxima a lo ancho del sofá, empujada por Genaro, y él sobre ella:

—¿Qué?... ¡no!... –balbuceó azorada.

—¡Cállate, que si te oyen, que si nos ven, se arma un escándalo!

Crujieron los elásticos, hubo un rumor sordo y confuso, un ruido ahogado de lucha, luego un silencio.

—¡Es un infame usted, es un miserable! –exclamó Máxima de pie en medio del palco, reparando el desorden de su traje, alzando del suelo su careta. Tenía el aliento afanoso, conmovida la voz, las manos le temblaban.

—Lléveme arriba, donde está mi madre.

—Máxima...

—Lléveme.

—Pero hija...

—Lléveme repito o me voy sola.

Quiso darle su brazo él; retrocedió un paso cruzando los suyos ella.

---

281 *Cacherío*: argentinismo, de mal gusto.
282 *Fausto*: ópera de F. Gounod (1818-1893) basada en el drama de Goethe.

—Siga, camine.

Y como él, remiso, no se apresurara:

—¿Qué, no me oye? ¡camine, salga le digo!

Ancho, hueco de orgullo, un orgullo brutal de macho satisfecho, iba riéndose en sus propias barbas Genaro; pensaba: se le ha de pasar...

– XXXII –

¡Floja, era una floja, una cobarde! –exclamaba Genaro enrostrando a Máxima sus recelos, sus temores–; ¡qué le daba por vivir así temblando, muerta de miedo! ¿Si nadie nunca había llegado a saber, si nada había sucedido hasta entonces, por qué había de suceder?

Bien lo veía ella que la señora se pasaba los años adentro, que valida de la confianza que le habían dado a él en la casa, hasta solía no salir ni a recibirlo, y que ahora especialmente, en la ciudad, era mil veces mejor, más seguro que en la quinta, más difícil que metidos allá, en los fondos, fuesen a espiar los sirvientes.

Dueño del campo; pudiendo hacerse fuerte con los viejos, se decía Genaro, siendo querida suya la muchacha, lo que era a él... ¡qué le importaba, a ver cómo no los pillaba el mismo padre, mejor, cuanto antes!

Justamente se iba quedando sin un cristo,[283] iba corriendo burro[284] todo cuanto tenía, con la vida de vago que llevaba; dos mensualidades había dejado ya de enviarle a la madre, y muy bien que le vendrían, como a un santo un par de velas,[285] los pesos de su suegro.

Hasta ganas le daban de ponerlo él mismo en el secreto, de escribirle él un anónimo para que reventase la bomba de una vez.

Sin duda, faltaba el rabo por desollar,[286] había un peligro: corría el riesgo de que en un primer impulso, en un ímpetu de rabia fuese a romperle el alma el otro, aunque... ¿ni quién sabía tampoco, porque qué iba a sacar, qué iba a salir ganando, en fin de cuentas?

Tal vez no dejara de comprenderlo, lo pensase, lo meditase, lo mirase por ese lado y se viniese a las buenas.

Sobre todo, bien valía eso el bocado, la tajada que le iba a tocar a él... ¡eso y mucho más!

---

283   *Sin un cristo*: sin dinero.
284   *Correr burro*: fig., fam., desaparecer.
285   *Como a un santo un par de velas*: expresión que alude a lo bien que le vendría.
286   *Faltaba el rabo por desollar*: es decir, faltaba aún lo más difícil.

Pero, ciega la madre y descuidado, ausente casi de continuo el padre, idéntica entretanto la situación se prolongaba, libremente Máxima y Genaro se veían, en la casa, en la sala, solos, ocultos a los ojos de todos el secreto de sus amores.

Había llegado a notarla preocupada él, sin embargo, triste, callada, abatida por momentos, como cavilosa, como dominada por un íntimo y penoso sentimiento.

Había tratado de indagar de ella la causa: ¿no tenía nada, qué iba a tener? Estaba como siempre, cosas de él, se imaginaba no más.

La encontró pálida una vez y ojerosa, más pálida y ojerosa que de costumbre, hinchados, abotagados los ojos, los párpados encarnados, acababa evidentemente de llorar:

—No me sostendrás que no, no podrás negármelo ahora... pero ¿qué hay, dime lo que te pasa... qué, no tienes acaso confianza en mí y en quién mejor puedes tenerla?

Sabes que tratándose de ti, como si se tratara de mí mismo, que lo que directa o indirectamente a ti te afecta, me afecta a mí, que tus penas, tus pesares son los míos, que te quiero, que te adoro, en fin, con toda mi alma y que, ligados tú y yo, por el vínculo que nos une, estamos llamados destinados ambos a correr la misma suerte.

Vaya, mi hijita, prosiguió Genaro, ocupando un asiento junto a Máxima, tomando a ésta de la mano, acariciándosela:

—¿Qué es lo que le sucede?, dígaselo a su viejo... Te lo ruego, te lo suplico... por el cariño que me tienes... ¡no puedes figurarte lo que me aflige verte así!

Lo dejaba hablar ella, inmóvil en silencio, la vista baja como si nada oyese, como si nadie allí a su lado estuviese:

—Es menester, es fuerza que concluya esto, sin embargo –con un vivo movimiento de impaciencia, exclamó Genaro, y de pronto, levantándose, púsose a recorrer a largos pasos la sala–, es ridículo, absurdo que te obstines de ese modo; sobre todo, necesito yo, quiero saber y no pido, exijo, que hables... ¿qué es lo que tienes?, contesta.

—¿Lo que tengo?... es que no tengo lo que tienen las mujeres –terminó por decir bruscamente Máxima, como haciendo un enorme esfuerzo, cubriéndose con el pañuelo, el rostro, ahogada la voz entre sollozos.

—¿Lo que no tienen las mujeres?...

—Desde... hace... tres meses.

—¡Acabáramos!... ¿eso es, eso no más? –y sin poder contener un gesto de íntima alegría–: Me lo figuraba –murmuró, como hablando consigo mismo Genaro.

—¿Cómo?

—Claro, pues –prosiguió tranquilamente, con aplomo–, tenía que suceder, estaba viéndolo venir yo...

—¿Tú?... ¡me habías asegurado que no, sin embargo, me habías dicho que tuviera confianza en ti, que sabías, que harías tú...! ¡qué sé yo!... que viviese tranquila y sin cuidado, que era imposible, en fin...

—Es que lo deseaba, que con todo el ardor de mi alma lo anhelaba... ¿Te parece poca dicha, poca felicidad la mía, ser padre de un hijo tuyo, imaginarme que vas a ser madre y madre de mi hijo tú?

—¿Mentías entonces, a sabiendas me engañabas?

—¡Oh!, con la más santa de las intenciones mi hijita, sólo por ti, en obsequio tuyo, por no alarmarte, por no asustarte.

Había alzado los ojos sobre él, lo miraba con asombro, con un asombro profundo, como si un velo acabara de descorrerse ante su vista, como si se le revelara otro hombre Genaro en ese instante:

—Pero... ¿y yo?

—¿Crees acaso que no conozco mis deberes, que no he de saber cumplir lo que mi conciencia de hombre honrado me dicta, que soy un miserable yo, algún canalla?...

Estoy pronto a responder como caballero de mis actos; te casarás conmigo, serás mi mujer tú.

Guardó de nuevo silencio ella, de nuevo el llanto bañó su rostro:

—Sabes que hasta derecho tendría para enojarme, para resentirme contigo seriamente, que hasta una falta de cariño podría ver en tu conducta, en tu aflicción, en tus lágrimas... ¡estoy de veras por creer que no me quieres, por lo menos como te quiero yo a ti!...

—¿Qué hacer, mi Dios, qué hacer?

—¿Qué hacer?

Iba a decírselo él, tener ánimo, valor, resolución, hablar, confesar todo a la madre que era una santa mujer y que era madre, que acabaría por abrirle los brazos a ella, y por encargarse de obtener el perdón de su marido...

No, no, Dios la librara, se le caía, sólo de pensarlo, la cara de vergüenza, era mejor ver, esperar, ¿quién sabía? Podía ser otra cosa, una indisposición pasajera, algo de enfermedad, podía quedar en la nada todo al fin...

– XXXIII –

Corrió un mes; se lo había dicho: inútilmente, era vano obstinarse, esperar aún, seguir haciéndose ilusiones, había preguntado, lo había consultado con un médico amigo suyo, todo el cuadro de síntomas de la preñez se presentaba, era indudable, evidente que, estaba ella embarazada.

La situación se agravaba entretanto, bien pronto le sería imposible disimularla a los ojos de la madre, del padre; para ante la familia, para ante el público mismo, ¿cómo más tarde, de qué manera ocultarla si salía de cuidado antes del tiempo?

Un mes... dos meses... todavía, era más fácil eso, podían decir que había nacido a los siete el chiquilín, podían, yendo a residir temporalmente en la campaña, en una de las estancias del padre, retardar, ocultar la fecha verdadera del nacimiento.

Pero que se resolviese ella de una vez, cada día, cada hora que pasaba, era un tiempo precioso que perdía. No por él, personalmente a él, qué se le daba... ¡era hombre él!... por ella, por su hijo, en nombre de su reputación comprometida, en el interés de la pobre, de la inocente criatura era que hablaba, que encarecidamente le suplicaba.

Consiguió al fin, obtuvo de Máxima lo que pretendía; instada por él, apremiada, obligada, además por la fuerza misma de la triste extremidad a que se viera reducida, arrancó Genaro de ella la promesa, de confesar todo a la madre horas después.

Iba a ser una noche de zozobras para él, justo era que quisiera, que anhelase saber, convinieron en una seña, pasaría en la mañana siguiente, hallaríase recogida a medias una de las persianas de la sala, nada favorable le sería dado esperar no siendo así, nada resuelto por lo menos habría aún.

No durmió, en efecto, agitado, calenturiento, revolviéndose en la cama sin cesar, le fue imposible conciliar el sueño un solo instante.

Pensaba, preocupábase de Máxima, sufría por ella, un sentimiento de cariño y de lástima a la vez llevábalo a condolerse de su estado, ¡víctima suya la infeliz! ¿Acaso llegó a decirse, reducida, violentada, en cinta de él, ante sus mismos padres arrastrada ahora a hacer la confesión tremenda de su vergüenza, y sola, sin defensa, sin protección ni amparo en el terrible y azaroso trance?

Miedo era lo que tenía, un pensamiento egoísta y cobarde lo que ocupaba su mente, la idea de peligro que corría lo que bruscamente lo asaltara y llegara a dominarlo.

Miedo por él, por él mismo, por él solo, miedo de otro, miedo de arrostrar la cólera del padre desatada contra él en un arranque ciego de despecho.

Cómo hiciese ella, cómo viese de salvarlo y se acusase ella sola, dijese que era ella sola la única ¡culpable, que lo había buscado, provocado... con tal de que tratara en fin de dejarlo de algún modo bien parado, cosa que no fuese el viejo a dar contra él!...

Eso, eso debía hacer; eso tenía derecho a esperar de ella, a exigir de su cariño, si era que en efecto lo quería.

Levantose al aclarar, echó los pasadores a la puerta, cerrada ya con llave. El vaivén de la gente de servicio, el despertar de los otros locatarios, el continuo transitar en la escalera, en los pasillos, todo ese ruido diario del hotel, a que se hallaba desde meses antes habituado, llenábalo, sin embargo, de involuntario terror; tendía el oído azorado y palpipante a cada paso; alguien subía, alguien se acercaba, ¿irían a detenerse y a golpear?

Pensó en comprar un revólver y en echárselo al bolsillo, conforme saliese, allí a la vuelta, en la armería de Bertonnet.

Penetró antes de bajar a una de las habitaciones del frente, acababa su dueño de ausentarse, un mozo la ponía en orden. De allá, arriba, oculto, escondido, estirado el cuello, perfilado el cuerpo espió, registró la cuadra; podía estar esperándolo el otro en la vereda y cazarlo a la salida.

Informose del portero si alguien había ido en su busca y atropellado, de prisa, corriendo casi, salió y dobló en la bocacalle.

¿Compraría revólver?... Plata tirada, pensó luego... ¡para qué, si se conocía, si sabía que no iba a hacer uso de él, que era muy capaz de caerse de susto no bien de manos a boca se le apareciese el padre!...

Cruzó la calle de la Piedad, siguió en dirección a la Plaza da la Victoria, miró el reloj: las nueve.

Desde la vereda de la Catedral observó con detención la larga fila de coches de alquiler, quería uno de *stores* [287] en los cristales.

—Al Retiro, derecho por San Martín –dijo al cochero, y subió.

Bajas, corridas las persianas, todas. ¿Qué habría habido, hasta dónde podía haber ido el bárbaro ése?...

---

287   *Stores*: francés, cortinas.

Le pareció como si recibiese al pasar una impresión de luto, como si respirase una atmósfera de muerte, como un sepulcro mudo, helado la casa, y, de súbito conmovido, una palabra de compasión asomó sólo entonces a su labio:

—¡Pobrecita!... –murmuró–. ¡Aunque, no, estúpido, zonzo! Estaba abierta la puerta, las dos hojas, de par en par; nada de lo que se imaginaba podía haber, nada grave, grave en ese sentido por lo menos...

Se habría Máxima arrepentido, habríase sentido arredrada, intimidada en el último momento y no habría hablado... ¿qué era lo que adentro sucedía, qué?...

Llegó el carruaje al Retiro; paró junto a la reja de la Plaza:

—Espere –ordenó Genaro. Volvería más tarde, pensó; ¿dónde iría entretanto; era hora de almorzar, a la calle de Moreno? No; sabía el portero que comía en esa fonda él; podía andar buscándolo el individuo, preguntar y dar con él, encontrarlo allí...

¡Maldito el apetito que tenía tampoco!

Varias veces, durante el curso del día, en carruaje cerrado recorrió la calle; nada; pasó de nuevo a la oración, a las nueve, a las doce, nada, siempre nada.

Otra noche de agitaciones y de insomnios, otra como la anterior, otra en blanco, otra noche peor le esperaba...

¡Malhaya![288], a qué se metería a zonzo, en honduras él... una y mil veces como un negro crimen sobre la conciencia le pesaba... feo, muy feo, tremendo estaba poniéndose el negocio... alguna barbaridad y barbaridad mayúscula, alguna de bala y de puñal, algún sangriento drama iba a salir resultando al fin.

Bastaba verle la pinta, no era tipo, no era hombre de dejarse manosear impunemente; sus antecedentes, su modo de ser, su vida entera lo estaban revelando, perseguido por Rosas, emigrado el año 40, antiguo oficial de Lavalle en sus campañas...

Imposible que se quedara con el entripado,[289] que no estallara; que no hiciese explosión el viejo... ¡podía contarse entre los muertos él!...

Hasta las dos y media de la madrugada, dejose estar en el café, en el local de los Tres Billares.

Conservábanle cariño algunos a la casa; recordando antiguos tiempos, solían celebrar allí sus reuniones, y había ido también él, huyendo de hallarse solo, en horror a su cuarto del hotel, llevado por una brusca necesidad de aturdimiento y de ruido.

Distraído, preocupado, como un imbécil, pensó, había sacado su dinero del bolsillo y despedido el coche al llegar. No se atrevía, no se arriesgaba ahora a volver solo a su casa, y uno de los que allí se encontraban, un conocido suyo, que vivía en la calle de la Defensa y lo dejaba en la esquina, caliente, trenzado con otro en un partido a los palos, ni mención hacía siquiera a retirarse... ¡Paciencia, lo esperaría!...

---

288 *Malhaya*: exclamación imprecatoria.
289 *Entripado*: enojo disimulado.

Ambos al separarse, en la escasa media cuadra de camino que alejaba a Genaro del hotel, tres veces, evitando éste el encuentro de otros tantos bultos, cruzó a la vereda opuesta. Tipos mal entrazados, sospechosos; uno de ellos emponchado, creyó ver, y que parecía haber querido seguirlo, acercarse a él por detrás, como buscarlo a traición.

¡Por fortuna acertaba a pasar un vigilante!...

Con mano trémula y nerviosa pegó un tirón de la campanilla, empujaba entretanto la hoja de la puerta; entró como sin pisar, como una sombra que cruza.

¿Nadie había estado, no había llegado carta para él? Como caballo que busca de qué espantarse, subió Genaro la escalera y allá arriba, entre las cuatro paredes de su mismo cuarto, sobrecogido aún de terror, entrecortado el resuello y afanoso, miró, buscó, registró bajo el sofá, bajo la cama, tras de la puerta, en los rincones, palpó la ropa colgada de las perchas del armario.

Tarde ya, arrojose de la cama en la mañana siguiente; el sueño lo había vencido, había dormido, había soñado; lo habían muerto primero, resultó falso después, querían casarlo, casarlo con otra, con una mujer vieja que era la madre de Máxima y que era su misma madre; y de miedo, de cobarde, lo iba a hacer, decía que sí.

¡Qué sabía él!... ¡un cúmulo de disparates, despropósitos sin cuento, un mundo de desatinos y siempre y en todas partes, clara, potente, como viva, como real, la figura del padre airado persiguiéndolo con el espectro de su venganza!...

Sentía pesada ahora y dolorida la cabeza, la lengua seca, mal gusto, un dejo en la boca, un dejo amargo a tabaco, revuelto, sublevado en ansias el estómago, y nada sin embargo, casi nada había comido:

—¿Eh?... con mil demonios al fin... —en un arranque exasperado de cobarde, vociferó renegando, no era vivir aquello, era sufrir, era matarlo a fuego lento, era sufrir mil muertes, ¡que se acabara cuanto antes, que lo mandase asesinar, que lo hiciese apuñalar el muy salvaje de una vez!...

– XXXIV –

«Necesito hablar con usted; tenga a bien pasar por mi casa hoy a las cuatro.»

Estaba como tuto[290] el individuo, se le conocía. Con todo... variaba de aspecto eso ya... buena diferencia... ahora sí... ¡le había vuelto el alma al cuerpo a él! No era, de seguro, con la intención de enderezarlo al otro mundo, que, a las cuatro de la tarde y en su misma casa, iría el viejo a darle cita... pero ni para agarrarlo a besos tampoco... ¡hum! ¿qué querría, con qué embajada le saldría?

¿Iría él? Sí, haciéndose una violencia bárbara, pero iría... Lástima que no fuese asunto de algo en que pudiera un tercero intervenir, para largarlo antes de carnada, como de personero suyo, para mandarlo en lugar de él, por las dudas...

Recibiolo en su escritorio el padre; con ademán seco y glacial, indicó a Genaro una silla:

—Ha sido usted un gran canalla, mocito, y yo, yo un gran culpable...

Debo, mal que me pese, sin embargo, y por desgracia mía, resignarme a ver en usted al marido de mi hija...

—Señor...

Deteniéndolo, cortando a Genaro la palabra con un simple gesto de la mano:

—Sírvase evitarme la molestia inútil de escucharlo –prosiguió–, sólo a efecto de hacerle conocer mis órdenes, es que se encuentra usted aquí, y entiendo que sean ellas al pie de la letra ejecutadas, sin observaciones de su parte y sin que absolutamente por la mía, tenga en cuenta ni me importe lo que usted piense, quiera, o diga.

---

290 *Como tuto*: muy enojado.

Máxima, repito, se casará con usted, dentro de un mes, sin ruido, sin misterio, simplemente; usted nos la ha pedido, ella quiere; deseando no contrariarla, su madre y yo hemos consentido; ante mi familia y ante el público, será esa la explicación de lo que es difícil de explicar: que le dispense yo el honor de aceptarlo como yerno.

Nada me resta que agregar, puede retirarse o pasar si quiere a la sala.

—¡Ah, Piazza, nunca lo hubiera dicho de usted..., yo que lo creía tan caballero, tan decente, tan incapaz... en la confianza que le habíamos dado, abusarse así, engañarnos de ese modo y usted, usted tan luego!...

Sufrirlo primero al otro, cada una de cuyas palabras había sido un bofetón, un latigazo en la cara, una escupida en la frente, tolerar de él en silencio que lo hubiese puesto overo,²⁹¹ y como si no bastara todavía, como si aún no fuese suficiente tener que aguantar a la vieja ahora, verse obligado a estar oyendo con una paciencia de santo sus pavadas, los lloriqueos, las jeremiadas²⁹² de la muy tilinga... ¡Uf!...

Quedáronse solos por fin Máxima y él; no faltaba sino que ésta también empezase a romperle el forro... ²⁹³

Ocupó un asiento junto a ella, sobre el sofá, quiso precipitarse, estrecharla contra su pecho, calorosamente, efusivamente, en un abrazo casto, como ajena en ese instante de él, remota de su mente toda idea de sensualismo. Solícito, amante y cariñoso, pidió saber, informarse, que le dijese, que le contase, cómo debía haber sufrido la pobre... y él... ¡ah! él... no había cesado de pensar en ella un sólo instante, en su china, en su chinita querida. Habría querido tener alas, poder volar, deslizarse como una sombra al través de las paredes, aparecérsele, entrar de noche a su cuarto, estar allí al lado suyo, consolarla, enjugar sus lágrimas, reanimar su espíritu abatido, comunicarle nueva fuerza, infundirle nuevo aliento al calor de sus caricias...

Pero reducido a debatirse él mismo en la impotencia, a agitarse estérilmente en las congojas de la duda, en la angustia de la espera, nada le había sido dado hacer en obsequio a ella... nada... Y su hijo, la criatura que Máxima llevaba en sus entrañas, su sangre de él... ¡Ah! podía creérselo, sí, le decía la verdad, se lo juraba, no había vivido en esos días, jamás había pasado, no llegaría nunca a pasar horas tan crueles, momentos tan acerbos de desesperación y de dolor.

Contestaba brevemente, por monosílabos, asentía ella apenas, de vez en cuando, con un ligero signo de cabeza.

Habríasele creído penetrada, penetrada íntimamente, de que le mentía su amante, de la falsedad de las palabras de Genaro, del doblez, de la impostura de sus protestas; se la habría dicho al contemplarla, sombría, abatida y como insensible en su asiento, presa de uno de esos desengaños que dejan hondo surco en la existencia.

Iba a casarse con él, iban a casarla a ella; y bien, sí, se casaría, no decía que

291 *Haberlo puesto overo*: argentinismo, maltratado de palabra.
292 *Jeremiadas*: lamentaciones exageradas por alusión al libro de Jeremías.
293 *Romperle el forro*: frase vulgar para indicar lo que causa molestia, desagrado.

no, no se rehusaba, no podía rehusarse, ni quería tampoco. Perdida, deshonrada, en camino de ser madre, la ley social, los hechos mismos, fatalmente, la arrojaban en brazos del padre de su hijo. Por éste, por ella, por su familia, por todo en fin, comprendía, veía la necesidad de que llegase a ser Genaro su marido.

Pero, ¿era el anhelo de la amante, o era la conformidad de la mujer, el deber imperioso de la madre, la resignación de la víctima?

Sentía un vacío, como un frío en lo íntimo de su alma, en lo profundo de su corazón; no, no lo quería, no, no tenía cariño, nada, ni un poco por él. El remordimiento la obsedía, el pesar de la falta cometida la aquejaba. ¡Oh! ¡si el pasado se olvidara, si pudiera borrarse de la vida como por efecto de la sola voluntad podía cambiar el porvenir, si le fuese, como antes, dado ahora mirar sólo a un ente extraño en su querido, a un desconocido, a uno de tantos en Genaro!...

Pero no, como reatada y presa, hallábase en presencia de lo fatal, de lo irremediable; había sido culpable ella y nadie en el mundo podía hacer que no lo fuese... ¡sí, había sido culpable, día a día, hora por hora, más y más!...

¿Y cómo, por qué había delinquido, cómo y por qué, sin amor, había tolerado, soportado ella que se enseñorease Genaro de su ser hasta consumar el acto torpe de la violencia, hasta llegar a la posesión brutal de su persona?

¿Cómo... lo sabía ella?... Irreflexivamente, sin mínima conciencia de la ligereza con que obraba, incapaz de medir el alcance del peligro a que se exponía.

La buscaba, la seguía, no le quitaba los ojos él, en la calle, en el teatro, en los paseos siempre, en todas partes lo veía, mostrábase enamorado, perdido, ¡loco por ella el pobre! Ella misma se decía, lo pensaba, lo creía, a la vez que en el halago de su infantil amor propio, movida por un sentimiento de secreta simpatía, que era sólo en el fondo un sentimiento de compasión.

¿Por qué?... porque sí, por seguir, por imitar, en su vano y pueril aturdimiento, el ejemplo de las otras, de sus conocidas de la escuela, de amigas, de primas que tenía, mujeres a los doce años que jugaban a los novios como jugaban a las muñecas.

Sí, bien lo comprendía ahora, como si una venda le hubiese sido arrancada, habíase revelado a sus ojos la verdad, había podido leer en el fondo de ella misma.

Nacido del primer momento de arrebato, mezcla de asombro y de despecho y de repugnancia y de asco a la vez, en presencia del hombre convertido en bestia, un retraimiento instintivo, involuntario, habíala insensiblemente alejado de Genaro. Y no era sólo indiferencia la suya, no era esa indiferencia que empieza donde el desencanto concluye, era algo más, era algo peor, era un encono persistente, un invencible rencor que, harto por desgracia suya lo tenía, en la conciencia que del valor moral de su querido, hora por hora desde la noche maldita del Colón había llegado a formarse, amenazaba convertirse en odio y en desprecio.

¡Odio, odio y desprecio por el padre de su hijo: a eso veíase ella condenada, tal era el porvenir, la vida que la esperaba, tal la horrible magnitud de su desgracia!...

– XXXV –

Pasarían en el campo la luna de miel, lejos, en una de las propiedades del padre de Máxima, fronteriza, al Sud.

Poco después de celebrado el matrimonio, pretextando razones de salud, iría a reunírseles la señora. Quería encontrarse junto a su hija, que no estuviese ésta sola, avanzada como se hallaba en su embarazo; acompañarla, atenderla, prodigarle, en el angustioso instante del parto, sus cuidados solícitos de madre.

Y llegó así el mes de noviembre, habitando bajo el mismo techo los tres; viviendo no obstante como extraños entre sí.

Máxima siempre en casa, con la madre, ocupada en alistar, en preparar de antemano la ropita necesaria al chiquilín, atareada en su labor, noche y día dominada por la idea única de su hijo.

¿Su marido?

Poco, nada casi lo veía; al almorzar, al comer a veces, si era que no pasaba ausente aún esas horas Genaro, que no había, desde temprano, salido al campo a caballo o en carruaje.

Mejor, sí, mil veces mejor, mil veces preferible vivir así, uno del otro alejados. Era el sosiego, la calma, la paz por lo menos, ya que no la dicha a que ella, como las otras, habría tenido derecho de aspirar sobre la tierra.

Su hijito, en él, en eso desconocido aún y misterioso, querido, adorado, sin embargo, que llevaba, sentía palpitar en sus entrañas, concentrábase su ser, su anhelo, su aspiración se cifraba; se daría a él en cuerpo y alma, toda entera se le consagraría, suyos, de la tierna criatura serían todo su afán y sus desvelos...

Y en el inquieto y caprichoso vuelo de la fantasía, como descontando con la mente el porvenir, veíalo nacido ya, contemplábalo crecer, hacerse un hombre al lado suyo, al amparo de su custodia maternal, un hombre bueno, generoso, noble, lindo, más lindo, más bueno, más noble y generoso que los otros; sí, todas las prendas, todas las dotes, todas las humanas perfecciones, llegarían a encontrarse en la cabeza de su hijo reunidas; y en el caudal de su amor de madre, inmenso, inagotable, hallaría ella como una justa compensación del cielo a su infortunio de mujer, como un consuelo, como un bálsamo supremo que derramara sobre su dolorosa existencia la misericordia infinita del Señor.

Otro era entretanto el motivo, el constante objeto de las preocupaciones, de los pensamientos que traían absorta la mente del marido. Como dueño ya, mirábase Genaro en la estancia.

¿No debían morirse los viejos un día u otro, no era hija única su mujer? Eso, eso y lo demás, campos, haciendas, casas en la ciudad, la enorme, la pingüe fortuna de su suegro sería suya con el tiempo, podía decir que lo era desde luego.

¡Oh! ¡pero a la hora que llegara a entrar en posesión, el día que manejase él los títeres, otros gallos cantarían, le había de sacar el quilo al negocio,[294] lo había de hacer sudar!...

Era deplorable el estado de abandono en que todo se encontraba, una desidia, un derroche escandaloso, no había orden allí, ni administración, ni un demonio, a la de Dios que es grande andaba todo, porque parían las vacas era que producía, pero si daba uno, podía dar diez, sólo con medio hacer entrar las cosas en vereda...[295]

Distraídas las fuerzas vivas de su naturaleza por las hondas agitaciones del último período de su vida, como sofocados un instante en él por la violencia misma de los acontecimientos que trasformaron la faz de su existencia, sus instintos de nuevo ahora se revelaban, las innatas tendencias de su ser, vuelta a su espíritu la calma, más netamente cada día, a cada instante llegaban a acusarse.

¿No era una picardía, por ejemplo, un abuso que no merecía perdón de Dios, se decía, que estuviese la carne a disposición de todo el mundo, colgada allí bajo el ombú, que cada chusmón[296] de ésos, agregados[297] que habían elegido domicilio en la cocina porque sí y que vivían a costillas del patrón, fuera y agarrara y cortajeara y churrasqueara a su antojo, como si se tratara de bienes de difuntos?

Bajo llave debían tenerla, pasarles a los peones la ración, dos veces por día y gracias; nada de asado; puchero con coles y zapallo, con bastante, con mucho zapallo, que el zapallo no costaba.

¿Galleta, fariña,[298] yerba a los puesteros?

---

294 *Sacar el quilo al negocio*: fam., fig., sacar ventaja, provecho.
295 *Hacer entrar las cosas en vereda*: fam., fig., encausar las cosas.
296 *Chusmón*: nombre formado en base a chusma.
297 *Agregados*: peones o mandaderos que vivían en las estancias sin más compensación que la comida.
298 *Fariña*: harina gruesa de mandioca.

¡Azotes, veneno les había de dar él...! un par de capones cuando mucho, cuando más y que compraran sal y los salaran, que sembraran... haraganes, zánganos... se lo pasaban todo el día panza arriba, tirados a la bartola. Ahí tenían tierra, tierra de balde, que agachasen el lomo y la rompiesen, que sudasen si querían...

Una perrera era la estancia; ¡qué sabía él... diez, veinte, treinta de esos bichos había... bocas inútiles, gastadero de carne, magnífico para sacudirles en el mate!...

Otra cosa que se le había metido entre ceja y ceja a él, la lanita de las descascarriadas[299] que quedaba desparramada por el suelo, en el corral y que se desperdiciaba toda, ¿por qué no había de poder aprovecharse, qué les costaba juntarla y lavarla? se trataba de libras, de arrobas[300] al cabo del año.

Lo mismo las garras,[301] cortaban por donde caía y dejaban en las patas un jeme[302] de cuero, de cuero que se vendía al peso; parecía nada, pero buena plata era la que se iba a la larga, así, como quien no quería la cosa...

¡Y eso de agarrar y tirar las achuras en la carneada, el hígado, los bofes, el corazón, el mondongo... eso y quinientas otras cosas y todo últimamente, fiebre le daba, lo enfermaba estar presenciando impasible semejante despilfarro!...

¡No reventar el viejo de una vez y que tuviesen que habérselas con él... ya verían quién era Calleja!... [303]

---

299   *Descascarriadas*: ovejas a las que se les han quitado las cascarrias, es decir, las bolitas de estiércol o barro que se forman en la lana de la parte posterior.

300   *Arrobas*: medida de peso equivalente a 11 kilos y 502 gramos.

301   *Garras*: jirones de cuero seco proveniente de las extremidades del animal estaqueado antes de ser curtido.

302   *Jeme*: medida. Distancia entre el extremo del pulgar y del índice, separados todo lo posible.

303   *Ya verían quién era Calleja*: expresión de jactancia, amenazante.

– XXXVI –

Matando caballos llegó de noche un chasque[304] desde el pueblito. Anunciaban por carta de Buenos Aires hallarse enfermo el padre de Máxima, grave.

Ni remota posibilidad, ni que pensar había en regresar los tres a la ciudad. Esperaba salir aquella por momentos de cuidado; no le permitía moverse su estado.

¿Emprender viaje sola la señora? Fue su primera inspiración. Pero, cómo, por otra parte, separarse de su hija, resignarse a dejarla así, en el azaroso trance de su parto, de un primer parto especialmente, lejos de todo centro de recursos abandonada a los cuidados del marido, de un hombre... ¡qué entendían los hombres de estas cosas... y luego, él, Genaro... ¡Ah! bien se hacía cargo ella de la situación de su pobre hija, bien veía el cariño que profesaba aquel a su mujer, el interés que le demostraba, cómo vivían los dos, había tenido por desgracia suya ocasión de estudiarlo, de observarlo, sabía de lo que era capaz su yerno...

Hallábase, era cierto, prevenido el médico del pueblito; acudiría, había prometido acudir al primer llamado, pero... y la distancia, las leguas de distancia que había que recorrer... ¿hallaríase en su casa, darían con él en el momento oportuno, tendría Máxima esa suerte?

Aun en el supuesto de que sucediese así; no bastaba, no, no era lo mismo; ni el médico, ni nadie, nada en el mundo, reemplazaba la presencia de la madre en tales casos... Por mucho que la fatal noticia la afectara, por más que quisiese regresar ella volando a Buenos Aires, imposible, no, no se resolvía, cómo había de ser... ¡su hija, Máxima ante todo!...

¿Qué hacer entonces? Acabó su yerno por ofrecerse. Inmediatamente partiría, iría él a la ciudad.

---

304 *Chasque:* del quechua, mensajero.

Si bien le era sensible, doloroso en sumo grado separarse de Máxima, en momentos semejantes, no dejaba de comprender, por otra parte, la urgencia de la situación, de explicarse la aflicción de la señora de reconocer la necesidad de que un miembro cercano de la familia, un hijo como era él, se encontrase junto al lecho del enfermo.

Estaba pronto a marchar; lo haría tranquilo y sin temor, dejando a Máxima con la madre, sabiendo que no podía quedar mejor acompañada, mejor cuidada que por ella.

Vería al médico además, de paso por el pueblito, le hablaría, consultaría con él y, en todo caso, lo enviaría, le pediría que permaneciese noche y día, viviendo en la estancia hasta después del parto.

Todo remoto asomo de peligro desaparecía así y costara lo que costara... en cuestiones de salud, poco importaba, nada eran los sacrificios de dinero.

Fue su ofrecimiento aceptado por la señora, quedó concertado al fin que se pusiese en viaje Genaro; quiso él hacerlo ya, inmediatamente, sin pérdida de momento, el tiempo indispensable a echar caballos y atar el coche; tal llegó a mostrarse de empeñoso, fue tanta su voluntad, el cariñoso interés de que, en obsequio a su suegro, manifestose animado.

Era que tenía su plan él, su idea que lo llevaba, sus ocultas intenciones, lo que no decía, lo que bien se guardaba de decir.

Convenía, era prudente, desde luego, era más urgente no dejarlo solo al viejo, en manos de los parientes. ¿Quién sabía?... alguna picardía, alguna trastada, podían hacerle hacer, algún testamento o codicilo[305] o algo así, favoreciendo a terceros, favoreciéndose ellos mismos, y en que él, Genaro, saliese al fin con una cuarta de narices... ¡lucido, divertido iba a resultar... ¡nada era, una miseria, el quinto de que le daba el Código facultad de disponer al otro libremente! Y tanto que lo quería su suegro... el quinto, reflexionaba, se repetía, si no hubiese sido sino el quinto, pensaba luego, pero quedaba el rabo por pelar, las embrollas,[306] las ventas simuladas, las escrituras falsas, las quinientas cábilas,[307] los quinientos mil enredos de que, obrando de mala fe, era posible siempre echar mano para saquearlo a uno, para robarle lo que legítimamente era suyo.

Cuando pensaba en lo que le había costado a él, el tesón, la constancia, la paciencia de que se había armado, ¡los bochornos que había sufrido, los julepes[308] que había pasado, lo que había vivido muerto de miedo, soñando con asesinos, viéndolos en cada esquina, contándose entre los difuntos ya!...

¡No faltaba sino que fuera a dejarse soplar la dama[309] ahora como un gran zonzo!...

La posibilidad, la sola idea lo calentaba, le hacía arder la sangre, bastaba a ponerlo fuera de sí...

Pues no que se iba a quedar en la estancia... mucho más, cuando, mandándose mudar, se veía libre de la jarana del parto, lo que no era chica ganga;

---

305 *Codicilo*: documento donde informalmente se solía hacer disposiciones de última hora.
306 *Embrollas*: enredos, marañas.
307 *Cábilas*: americanismo, tretas, ardides, especialmente para los negocios.
308 *Julepes*: americanismo, sustos, temores.
309 *Dejarse soplar la dama*: fig., perder una oportunidad.

del embeleco del muchacho, del barullo, de los llantos y los gritos, de todas esas historias de las mujeres... ¡ya se figuraba él la música que debía ser!

– XXXVII –

Dos días después, sin detenerse un instante en el camino, llegó Genaro a Buenos Aires, y llegó tarde no obstante; acababa su suegro de morir.

Acusando en la expresión de su semblante uno de esos sentimientos de profunda pena, de mudo y ensimismado sufrimiento, penetró a la habitación, detúvose frente a la cama, inmóvil largo rato, en recogido silencio, el pañuelo sobre los ojos, oculto el rostro en presencia de otros miembros de la familia que rodeaban el cadáver caliente aún.

Despidiéronse más tarde los que habían asistido al muerto; un hermano, una hija de éste, una tía vieja, otro sobrino de otra hermana.

Volverían a velar el cuerpo en la noche; se brindaron, hallábanse dispuestos a prestar su ayuda, sus servicios, en todo lo que al entierro y demás aprestos de la fúnebre ceremonia se refería, quedando luego Genaro, por razón de la tácita autoridad que su carácter de hijo político, de marido de Máxima le atribuía, en posesión de la casa, dueño y solo por fin... era tiempo.

Llamó al hombre de confianza de su suegro, a un pardo viejo, asistente de aquel en sus campañas, y ordenole la entrega inmediata de las llaves, las que usaba, las que tenía costumbre de usar su patrón. ¿Dónde se encontraban? Debía saberlo él.

Sí, junto a la cama, dentro del cajón de la mesa de luz, como asimismo el reloj, como los botones de puño: dos gruesas piedras enzarzadas en medallones de oro mate.[310]

Estaba bien, no lo necesitaba ya, podía no más retirarse.

Al bolsillo con todo por pronta providencia... ¡no fuera el diablo, que se traspapelara en el barullo!...

---

310 *Oro mate*: oro opaco.

Púsose, sin más demora, a recorrer Genaro los otros muebles del aposento, el lavatorio, un estante para camisas... no había dinero junto con el reloj y las llaves en la mesa de noche, ocurriósele de pronto, y, sin embargo, imposible que no tuviera su suegro consigo en momentos de caer enfermo... a no ser que hubiese quedado olvidado, metido en algún bolsillo... fácil era... ¿qué traje había llevado puesto aquel ese día?

Intrigado, prosiguió buscando, registrando la ropa del armario, las levitas, los pantalones, los chalecos; ¡nada dejó por revolver, nada había, nada encontró!

Claro... ¡tantos habían estado entrando y saliendo... los parientes eran los peores!...

Paciencia, lo habían madrugado[311] los otros... unos cuatro o cinco mil pesos, por la parte que menos, debían haberse soliviado. Era rumboso[312] el viejo, como todo los criollos de su tiempo, le gustaba andar platudo, jamás se le caía el rollo[313] del bolsillo.

Pero en el cuarto del zaguán, en la salita de recibo de su suegro, era donde debía estar lo gordo, la hueva.[314]

¡Cómo no hubiesen andado los indios por ahí también!...

Llevó luz, se encerró, dirigióse a abrir la mesa de escritorio –un escritorio–ministro, macizo, de caoba. Temblaba al meter la llave; inseguro el pulso, sonaba, repiqueteaba aquella en el silencio de la pieza, chocando al penetrar contra la boca de la cerradura.

Un obstáculo imprevisto luego de poder abrirlo detuvo; no cedían los cajones superpuestos en el interior del mueble; inútilmente tironeaba, forcejeaba, y, curioso... no se veía que tuvieran llave... debía haber algún secreto, era indudable, ¿pero cuál?

Tomó, a fin de alumbrar mejor, la vela del candelero y encorvado el cuello, agolpado el flujo de su sangre, a uno y otro lado, hacia arriba, hacia abajo, hasta el fondo, trabajosamente alargaba, introducía la mano. Había de dar, lo tenía clavado entre las cejas, se había encaprichado, había de encontrar, y se empeñaba, se obstinaba, se enardecía, no sin repetidas veces, con una emoción malsana de ladrón, volver azorado la cabeza creyendo oír ruidos, ver cruzar sombras, escuchar que llamaban a la puerta y la empujaban.

Fatigado después de largo rato de infructuosas tentativas y al tratar de darse Genaro un momento de descanso, vio con sorpresa, incorporándose, que se abrían de pronto, en un ruido seco los cajones, todos.

El azar acudía en su auxilio, acababa de apoyar al acaso el codo sobre un resorte disimulado en la madera misma del mueble.

Había papeles dentro, muchos, unos nuevos, amarillentos de viejos otros; recibos, escrituras, títulos de propiedad. Y había algo más en el cajón del medio, algo que a los atónitos ojos de Genaro, fue lo que a los ojos de un ciego la caricia inesperada de la luz, ¡oro, dinero, rollos de libras esterlinas, paquetes

---

311 *Madrugar*: adelantársele, ganarle de mano.
312 *Rumboso*: fam., desprendido, dadivoso pero también pomposo y magnífico.
313 *Rollo*: fajo de billetes.
314 *Hueva*: fig., mina oculta.

de billetes, papeles de cinco mil pesos del Banco de la Provincia, una cantidad, un alto de «Velez» nuevitos,³¹⁵ dobladitos, azulitos, de un color azul de cielo!...

En un brusco manotón de gato hambriento, alargó de instinto el brazo; crispados los dedos, como clavada la garra ya sobre el montón de billetes, repentinamente, luego, se contuvo.

¿Le pertenecía, era suyo, realmente suyo todo eso, había derecho en él para atribuírselo así, de propia autoridad, a puerta cerrada y nada más que porque sí?

¡Bah!... tenía pacto hecho con su conciencia... historia antigua... ¡hacía fecha que entre los dos se entendían, que entre ella y él había pasado en autoridad de cosa juzgada, lo de los puntos que calzaba en achaques de moral!

Él escrúpulos... los del padre Gargajo³¹⁶... ¡así le hubiesen asegurado el resultado, garantido la impunidad!...

Pero ahí estaba, era que no podía contar con ésta, que no podía partir de tal base... ¿y si llegaba a saberse, si algún indicio lo vendía, si luego alguna prueba salía a luz y lo dejaba colgado?

No se trataba de cuatro reales, era morrudo³¹⁷ el negocio, era un platal... difícil que por muy dejado, por muy abandonado que, como buen hijo del país, hubiese sido su suegro en asuntos de dinero, tuviera una punta de miles guardados, como quien guarda pesos sueltos para los gastos de la casa.

¿Por qué no los habría llevado al Banco el muy zonzo, ganándose el interés?

Alguna entrada de esos días sin duda, algún negocio, venta de haciendas o de campo...

Tal vez no había llegado a darle tiempo la enfermedad y nada más fácil, siendo así, que haber después hecho mención el viejo, querido antes de morir dejar constancia, acaso en su testamento... su testamento...

¿Existiría el dichoso testamento, su eterna pesadilla, su bestia negra, pensaba, preguntábase Genaro, doblemente ante esa idea preocupado ahora y caviloso, existiría... de fecha antigua o reciente, tendría a todo evento el suegro tomadas de antemano sus medidas, o sólo después de enfermo y de sentirse grave se le habría ocurrido hacerlo?

Probablemente lo primero en odio a él, su yerno, por mezquinarle, como quien decía, el bizcocho,³¹⁸ por quitarle, ya que no todo, parte de lo que la ley le daba, de los derechos que, como a marido de la hija, el Código le acordaba... Tal vez dejando a ésta su legítima pelada³¹⁹ y disponiendo del resto en favor de otros... algo así, alguna jugada por el estilo... mucho se lo temía, tiempo hacía que andaba con esa desconfianza, con ese temor y tenía como hambre de salir por fin de dudas y saber a qué atenerse.

---

315 *Papeles de cinco mil pesos...*: Billetes de la emisión del Banco de la Provincia con el retrato de Vélez Sarsfield. La unificación de la moneda en todo el territorio nacional se oficializó recién en 1880.
316 *Escrúpulos...los del padre Gargajo*: fig. Escrúpulos ridículos, infundados.
317 *Morrudo*: dícese de la persona robusta, corpulenta. Por extensión, se aplica a las cosas de mucho cuerpo, solidez y peso.
318 *Mezquinarle...el bizcocho*: fig., sacarle lo mejor.
319 *Pelada*: fig., sin dinero.

Un pliego abultado y largo fijó la dirección de sus miradas, precisamente llegó a llamar en ese instante su atención. Diose prisa Genaro a apoderarse de él; dos únicas palabras había escritas en el anverso del sobre: *mi testamento*. En el reverso un sello grande de lacre colorado lo cerraba.

¡No tenía derecho a quejarse, poco le había costado encontrar, ni por arte de encantamiento, ni que el mismo diablo hubiese metido la mano!...

Y, en el sordo malestar que la pérdida de una latente y última esperanza le causaba –la de que allá, por acaso, hubiese su suegro podido morir abintestato[320]– volvía meditabundo el pliego entre sus dedos, atenta y minuciosamente lo observaba, acercábalo a la luz, lo elevaba a la altura de la llama, empeñado en leer, buscando sorprender, a favor de la trasparencia del papel, el secreto que encerraba.

Inútilmente, nada se traslucía, nada alcanzaba Genaro a distinguir; opaco aquel y duro y grueso como pergamino, imposible de ese modo descubrir su contenido.

Pero debía, evidentemente, ser ológrafo[321] el documento, por el aspecto del pliego, de puño y letra del autor, sin más formalidad ni requisitos, sin testigos... Quedaba acaso un segundo medio.

O había dejado dos ejemplares el padre de su mujer, otro en manos de tercero, o no existía sino uno solo, el que tenía él, Genaro, en su poder.

Si lo primero, bastaba buscar un sobre igual, dar con el sello, por ahí, en alguna parte, dentro de algún cajón, encima de algún tintero indudablemente lo hallaría, y ver por último de imitar la letra.

Si lo segundo, era más sencillo aún; con romper lisa y llanamente el sobre, estaba del otro lado... y así hubiera pretendido el individuo despojarlo a él de un solo peso, de un cuartillo partido por la mitad... ¡ni rastros, ni cenizas iban a quedar!...

Confiado en sus deducciones, tranquilo ahora y sin recelo, respecto a las posibles consecuencias del acto que meditaba, con mano segura y brusca rasgó el papel, púsose a devorar con avidez su contenido.

Era primero la enunciación de los bienes, una larga lista de propiedades urbanas y rurales, varias casas en la ciudad, la quinta de Belgrano, otros terrenos más, tres estancias pobladas en Buenos Aires, campos en Santa Fe, valores, acciones, títulos de renta, etc.

Ni mención siquiera, ni palabra se decía del hallazgo que acababa él de hacer, con íntima satisfacción y mientras, sin desviar los ojos del papel, continuaba su lectura, observó de paso Genaro.

Seguía luego la parte dispositiva del acto. Declaraba el testador ser gananciales los bienes, pertenecer la mitad a su mujer.

Dejaba la otra mitad, disponía de todo lo suyo, en favor de Máxima, pero no sin una expresa condición: sólo al fallecimiento de la madre, entraría aquella en posesión del quinto, cuya administración y usufructo debía co-

---

320 *Abintestato*: procedimiento judicial sobre herencia y adjudicación de bienes del que muere sin testar.
321 *Ológrafo*: aplíquese al testamento de puño y letra del testador. Autógrafo.

rresponder exclusivamente a la señora.

Y era su voluntad, acababa por declarar, su voluntad terminante, dado caso de sobrevivir ésta a su hija, que distribuyese en vida o legase al morir el referido quinto a los pobres.

¡Los pobres!... ¡Mucho se lo iban a agradecer los pobres... ni mucho le importaba de los pobres... con tal de poder fregarlo a él... viejo crápula,[322] ruin, ladrón!...

Y, obedeciendo a un instantáneo y ciego movimiento de despecho, disponíase ya Genaro a destruir el testamento, a hacer añicos el papel, cuando, trazadas allá, en lo bajo de la página, dos solas líneas fijaron su atención:

«Queda otro de idéntico tenor en la oficina del escribano Cabral.»

Fue como si se le hubiese, de golpe, acalambrado la mano.

---

322 *Crápula*: impúdico, desvergonzado.

– XXXVIII –

Quince millones a pesar de las porquerías de su suegro, de los tres que le habían mochado,[323] quince millones como quien no decía nada... suyos... ni por la del Papa habría cambiado su suerte, y, curioso sin embargo... no acertaba él mismo a darse cuenta, sentía un vacío en el fondo, un hueco, poco a poco había ida dominándolo el fastidio, se aburría atroz, espantosamente, andaba como bola sin manija, no sabía qué hacer a ratos de su bulto...

¿Vivir la vida íntima del hogar, consagrado a su hijo y a su mujer? ¡Bonito entretenimiento... con Máxima que era un hielo, que parecía no tener más oficio que ponerle cara de palo, y la música del mocosuelo por su lado, berreando noche y día, como un marrano, que ni dormir siquiera lo dejaba!...

Con la renta, con menos de la renta de su fortuna, se decía Genaro, habría podido nadar en la opulencia, vivir en un palacio, gastar en palco y en carruaje, dar comidas, reuniones, bailes en su casa convidando a medio Buenos Aires. Y habían de ir, se habían de juntar, de amontonar al ruido de los pesos, como se amontonaban las moscas al olor de la carne... así hubiese tenido el cielo tan seguro... los mismos que lo habían mirado como a un animal sarnoso siendo pobre, ¡cómo era que habían cambiado después, por qué acababan de aceptarlo los muy mandrias, de aceptarlo sin discusión, de abrirle de par en par el Club como a muchacha bonita... los orgullosos, los de copete alzado, adulándolo y sacándole el sombrero, teniendo a honra ser recibidos por él, en su casa, en casa del tipete de marras, del tipo del gringo tachero!...

Sí, indudablemente, no dejaba de ser halagüeña la cosa, tentadora, de hacerle el negocio como cosquillas en el amor propio. Era el reverso de la medalla, la compensación a los vejámenes sufridos, como si se la pagaran con

---

323 *Mochado*: robado, esquilmado.

rédito los otros, era saborear como a tragos el delicioso placer de la venganza, su revancha, como el coronamiento de la obra, como una especie de apoteosis de su triunfo en fin.

Pero, y... yendo a cuentas, ¿cuánto le habría costado la fiesta, cuántos miles, a ese paso, se le habrían salido del bolsillo al cabo del año... y todo en suma, a qué y para qué, por vanidad simplemente, en obsequio a un mezquino sentimiento de vanidad? ¡Bah!... los tiempos habían cambiado, no era el mismo hombre de antes, no le hacían mella ya esas cosas, lo que pudieran pensar o decir de él, a golpes había aprendido y tenía la epidermis dura, se había vuelto muy filósofo y muy práctico...

¿Por divertir acaso a los demás iría a echar la casa por la ventana? ¡Cómo no... volando... que se costearan si querían la diversión con toda su alma... no estaba para mantener zánganos él!

¿Asunto de rodearse él mismo de lujo y comodidades? Bombo, miserias, ostentación. ¿Qué más tenía habitar en casa propia que en casa alquilada?... lo mismo se dormía en una cuja[324] de fierro, que en una cama de caoba y nada había mejor, reflexión hecha, más sano ni más higiénico, que el ejercicio a pie y el bravo puchero del país.

Por eso se había ido a vivir con su mujer a una casita de dos ventanas que le había sido adjudicada a ésta en la herencia. Modestamente; muebles del país, baratitos, comprados en la calle de Artes[325] y cocinera criolla de doscientos pesos.

¿Ocuparse, llenar su tiempo, a ratos solía decirse, aplicar en algo sus facultades, alguno de los ramos, de los mil ramos de la actividad, de la labor o del saber humano, tener un objetivo, un norte que perseguir, ambiciones, la vida pública, la política, por ejemplo?...

Sí, le habría quedado ese recurso a falta de algo mejor, dedicarse a la política, embanderarse en cualquier partido, podía, con sus pesos, hacerse de influencias en la campaña, venir de diputado por donde tenía la estancia que le había tocado a Máxima en la herencia, ser Ministro y hasta llegar a Gobernador, ¿qué extraño? Otros más brutos que él lo habían sido...

Pero no le daba por ahí, no entraba en su reino, no era su fuerte la política, polainas,[326] bromas de otra clase, quebraderos inútiles de cabeza... ¿con qué necesidad?

¿Por él, por él mismo, porque le naciese aspirar y le sonriese el poder, los públicos honores, las altas dignidades, las posesiones encumbradas, porque hubiese alguna vez ambicionado, acariciado la idea de hacer de su nombre un nombre ilustre, inmortal que, grabado en la historia de su país, pasase a los siglos venideros? Algo más positivo y eficaz que toda esa vana hojarasca de las humanas grandezas, había sido siempre el sólo anhelo de su vida, algo mejor y más sustancioso que la gloria: los pesos, el dinero...

¿De patriota entonces, de puro patriota, como quien decía de puro zonzo,

---

324 *Cuja*: armadura de la cama.
325 *Calle de Artes*: actual calle Carlos Pellegrini.
326 *polainas*: argentinismo, fig., contrariedad, fastidio.

iría a andar metido en danzas, arriesgando a que el día menos pensado le agujerearan el cuero de un balazo en los atrios, o de una estocada en algún duelo?

Se reía él cuando los oía hablar de patria a los otros, de patria y de patriotismo, decir con orgullo, llenándoseles la boca, que eran argentinos... ¿Qué más tenía ser argentino que cafre,[327] haber nacido en Buenos Aires que en la China?... ¡La patria... la patria era uno, lo suyo, su casa, la mejor de las patrias, donde más gorda se pasaba la vida y más feliz!...

Negociar más bien, llegó a ocurrírsele, emprender algo que pudiera producirle, entrar en especulaciones... estaban de moda las de tierras, a la orden del día, no se oía sino de miles, de fortunas improvisadas comprando y vendiendo lotes, se citaba casos de individuos que habían sacado en horas el vientre de mal año, con sólo un traspaso de boleto.

Eso sí, que le hablaran de eso, enhorabuena, era honra y provecho, merecía siquiera la pena...

Sin duda, no tenía gran necesidad él, siendo rico, desde que Máxima lo era, pero nunca había de sobra, lo que abundaba no dañaba. Le probaría así a toda la parentela de su mujer que no estaba atenido a lo que recibiera ésta de sus padres y que era muy capaz él como cualquiera... No, no le desagradaba, lejos de eso, la idea de unos cuantos milloncitos más en la faltriquera[328]... y hasta un deber podía ser reputado de su parte, un deber de padre, aumentar el patrimonio de su hijo, contribuir a dejar, con su trabajo, asegurado el porvenir de su familia.

Vería primero, haría la prueba, con tiento, con prudencia, a no precipitarse, a no irse de bruces, algo como una simple bolada de aficionado, un simple picholeo[329] para empezar.

Calladito la boca, tenía metido en el Banco lo que le había pispado[330] al viejo en el escondite de su escritorio, la suma que había encontrado y de la que no se decía ni jota[331] en el testamento, ni se había dicho después.

Todo el mundo ignoraba, al parecer, que existiese tal dinero y no sería él, seguramente, quien desplegara los labios para sacar a la suegra y a la mujer de la ignorancia en que se hallaban.

Justamente, venía bien; para ensayo, con retirar del depósito del Banco un par de miles de duros,[332] le bastaba; ni necesidad tenía de hacer uso de su crédito, de pedir a nadie nada.

---

327 *Cafre*: habitante del oriente de Sudáfrica.
328 *Faltriqueras*: bolsillos.
329 *Picholeo*: el juego con pequeñas sumas.
330 *Pispado*: argentinismo, quitado, sacado, hurtado.
331 *Ni jota*: nada.
332 *Duros*: monedas de plata de cinco pesetas.

– XXXIX –

Había sido como verle las patas a la sota,[333] como jugar con dados cargados; seguro, fijo, infalible, se compraba en diez para vender en veinte, todo, lo que se presentaba, lo que caía, con todo se hacía negocio, para todo había comprador, no ganaba plata a rodo el que no quería.

Con cincuenta miserables mil pesos había empezado y tenía en tres meses un millón de utilidad.

Y se había cebado,[334] le había seguido entrando no más, de firme, sin mirar para atrás; se había metido hasta la masa, una porretada[335] de lotes, cerca, lejos, al Norte, al Sur; hasta por el bañado de Flores y los tembladerales de la Boca, había tratado de asegurarse con tiempo, manzanas enteras se había comprado que ni pensaba en largar, mientras no le pagasen lo que se le había antojado pedir por ellas.

¡Claro, a la ocasión la pintaban calva, más zonzo de no aprovecharse hubiese sido!

Una vaga y sorda inquietud sin embargo, una mal definida desconfianza, llegó a posesionarse, en día cercano de la mente de Genaro. No era tan así no más, tan fácil, tan sencillo dar uno siempre con la horma de su zapato, encontrar aficionados, quien estuviese dispuesto a hacerle el gusto, a decir amén a sus antojos. Medio parecían escasear los candidatos, acusarse en el público una especie de enfriamiento, como querer retraerse, acobardarse la gente, iba viéndolo él, desengañándose... ¡no, no era el frenesí, la locura, el furor de antes... ni cerca!...

Sin duda, aunque no ya con las ganancias bárbaras del principio, habría podido vender, deshacerse con ventaja de lo que había adquirido y, el que vi-

---

333 *Verle las patas a la sota*: fig., jugar con ventaja.
334 *Cebado*: americanismo, dícese de la fiera que por haber probado carne humana es más temible.
335 *Porretada*: conjunto o montón de cosas de una misma especie.

niese atrás que arrease, que corriesen otros el albur[336]... la prudencia acaso, la sana prudencia se lo aconsejaba así...

Pero era que tenía sus vistas, sus cálculos, su plan combinado de antemano; que se había fijado un límite, se había propuesto llegar a cierta cifra, a una suma redonda, alrededor de diez millones para liquidar y retirarse, libres de polvo y paja.[337]

Y le era duro, se le volvía cuesta arriba resolverse, renunciar de sopetón[338] a lo que había mirado como cosa hecha, como suyo, para el caso como si lo tuviese ya en el bolsillo.

¿Quién sabía tampoco, quién iba a poder asegurar que no eran simples alternativas, fluctuaciones pasajeras, subas y bajas del momento como sucedía en toda clase de negocios?

Nada justificaba, no había razón para que habiendo valido hasta entonces, de la noche a la mañana, se viniera barranca abajo y dejase de valer la tierra. ¿Por qué? Cien mil inmigrantes desembarcaban por año, el país se iba a las nubes, marchaba viento en popa...

¡Qué diablo... quién decía miedo... pecho ancho[339]!... estaría a las contingencias, se aguantaría uno o dos meses más.

Recobrando, salvando apenas su dinero, no sin dificultad, poco después, conseguiría Genaro realizar una pequeña, una mínima parte de las sumas por él comprometidas.

Bajo la impresión del pánico, en plena crisis luego, una crisis general, repentina, desastrosa, esperar, soñar tan sólo en vender, habría sido soñar en imposibles. Nada, a nadie, por nada, ni aun a costa de pérdidas enormes, a trueque de inmensos sacrificios.

Fuerza le era atender, preocuparse entretanto del cúmulo de compromisos en los Bancos, en plaza, dinero tomado a premio, mucho, todo el que le había sido ofrecido, todo lo que había podido obtener y que en la fiebre, en el delirio de especulación y de lucro de que llegara a sentirse poseído, habíase dado prisa a convertir en tierra, como si lo hubiese contemplado, por ese hecho solo, convertido en un manantial inagotable de riqueza.

¿Qué temperamento adoptar, a qué arbitrio sujetarse, cómo cumplir, cómo salir de aprietos... hacer entrega, largarles todo a sus acreedores, meterles el clavo, hasta la última pulgada de la inmundicia esa de sus terrenos, como quien largaba una brasa... decirles: ahí tienen, carguen ustedes con el perro muerto[340] y entiéndanse como puedan... o, lo que venía a ser lo mismo, no pagar, declararse liquidado, en bancarrota, quebrar, hablando en plata?...

Sí, era una idea, una idea como cualquiera otra, lo más práctico sin duda, lo más cómodo y eficaz para quedar de una vez a mano con todo el mundo.

---

336 *Que corriesen otros el albur*: en el juego del monte, las dos primeras cartas que saca el banquero. Aquí, en sentido figurado, alude al riesgo que se afronta, dejando al azar que corra con el resultado.

337 *Libres de polvo y paja*: recibidos sin gravamen alguno.

338 *De sopetón*: de inmediato y sorpresivamente.

339 *Pecho ancho*: fig., afrontar la incertidumbre con valentía.

340 *Cargar con el perro muerto*: hacerse cargo de un asunto riesgoso del cual nadie quiere encargarse.

Pero, no tan calvo... era mostrarse muy enteramente sin vergüenza, muy de una vez ya... ¡En bonito punto de vista se pondría, acreditado iría a estar!...

No, hasta por ahí no más, todo tenía su límite... por mucho que no le faltaran ni ganas ni agallas, y cuidado que no era un nene él, que era hombre de pelo en pecho para esas cosas; no se animaba, no se avenía a pegar semejante campanazo.

Del mal el menos; si hubiese podido disponer a su antojo de lo de la mujer... pero ni eso, no señor, la ley lo obligaba a pedir a ésta su acuerdo, su venia, a su excelencia, él, el marido, el jefe de la familia, como si supieran, como si algo entendieran las mujeres de esas cosas...

¡Y eran los hombres los que fabricaban las leyes... imbéciles, cretinos!...

Maldito el estómago que le hacía, la gracia que le causaba, pero no le quedaba más remedio que amujar y hablar con Máxima para que lo autorizase ésta a vender o hipotecar.

Se mostraría muy fino con ella y muy amable, derretido, le pasaría la mano, vería de envolverla, de engatusarla.[341] Bien sabía él cómo había de manejarse...

Se guardaría, desde luego, de decirle la verdad, de confesarse fundido; le mentiría, la engañaría: estaba ganando un dineral, una fortuna; era precisamente con el fin de no dejar pasar una espléndida ocasión, una verdadera pichincha que se le presentaba que necesitaba el empleo inmediato de mayores capitales.

Y no por él lo hacía, no de fijo, ¡a Dios ponía por testigo! Era de él de quien menos se preocupaba, sino sólo en obsequio al chiquilín, en bien de éste, en su interés que se desvelaba trabajando, porque quería que fuese rico, inmensamente rico, su hijo, el hijo de ella, de ambos... No, no era un móvil mezquino y egoísta el que inspiraba sus actos, su amor de padre únicamente lo impulsaba, despertaba en él la ambición.

---

341 *Engatusarla*: engañarla.

– XL

Una primera, una segunda vez, luego tres, cuatro veces halló a Máxima dispuesta, pronta a acceder a los deseos por él manifestados.

Sin observación alguna ni reservas, sin indagar, sin saber a punto fijo, sin idea clara del alcance de sus actos, buenamente escribía ésta su nombre, prestaba a ciegas su firma.

Papel sellado, rúbricas, escribanos, testigos.

Nada comprendía ella de todo eso, ni hacía por comprender, ni le interesaba tampoco.

¿Qué podía importarle un puñado de dinero a trueque de que la dejara en paz, de que la librase de su presencia Genaro? Sí, que para nada se ocupase, que nunca llegase a acordarse de ella él, como si ni existiese en el mundo tal mujer, vivir tranquila, retirada y sola era lo único que pedía, lo que sí entendía que fuese así, lo que sí exigía de su marido.

¡Con tal de tener a su hijo allí, a su lado, de que el cielo se lo conservase!...

En presencia, sin embargo, de crecientes exigencias por parte del primero, de nuevas demandas de dinero, reiteradas sin cesar, y habiéndole anunciado su marido un día que algo le llevaría más tarde a objeto de ser firmado por ella, quiso al fin, despertándose en su alma una sospecha, cavilosa y alarmada, tratar de darse cuenta, de ver, de cerciorarse por sus propios ojos.

Era la escritura de venta de la casa de la calle San Martín:

—¿Cómo, pretendes, vas a venderla?

—Sí, mi hijita; ofrecen por ella un precio loco y he creído no deber vacilar.

—¡Pero vender eso tan luego, la casa paterna, nuestra, de mi familia, donde tantos años hemos vivido con papá y mamá!...

—Son zonceras, hija, preocupaciones; ¿qué más tiene ésa que otra cualquiera?... paredes viejas, ladrillos al fin.

La cuestión, lo que debe interesarnos, es el precio, saber si conviene, lo que se puede sacar, y se trata, te lo repito, de un espléndido negocio.

—Todo lo que tú quieras Genaro, no lo dudo, así será. Pero, francamente, te declaro que me contrariaría sobremanera, que mucho me disgustaría, ver en poder de extraños la casa donde he nacido yo y a la que tanto cariño tenía mi padre.

—Debo prevenirte que no es una venta definitiva, que he puesto una condición, que hay una cláusula que establece lo que llaman pacto de retro–venta, un artículo del contrato que nos da acción a quedarnos de nuevo con la finca, dentro de cierto tiempo y por el mismo precio.

Ya ves que nada se pierde y que estaríamos siempre en tiempo de recuperarla, si quisieras.

—¿A qué venderla entonces? No es tan bueno el precio, tan espléndido el negocio como dices, cuando te reservas tú mismo la facultad de deshacerlo...

—¿Eh?... este... es que nunca puede uno contar sobre seguro, de una manera absoluta, tú comprendes y, por precaución nada más, por un exceso de prudencia, he juzgado conveniente dejar esa puerta abierta...

Pero, en fin, si te fastidia, si tanto desagrado te causa, doblemos la foja y que no se hable más. Buscaré comprador para alguna de las otras propiedades.

—Lo que quiere decir que necesitas dinero aún, más dinero todavía...

Oye Genaro, escúchame. No estoy al cabo de tus cosas, ni menos te pido ni pretendo que me impongas de ellas. Repetidas veces ya, me has visto ceder sin resistencia a tus deseos, me he mostrado contigo sumisa y complaciente, he firmado lo que ha sido tu voluntad que firme, sin preguntarte siquiera por qué, ni para qué.

¡Pero hasta cuando por Dios!... todo tiene su límite y me parece que basta ya.

No extrañes que te hable así, ni te sorprenda mi actitud resuelta y decidida... A qué querer intervenir, a qué mezclarme en lo que es ajeno a nosotras las mujeres, en asuntos de ustedes los hombres, dirás tú y acaso no carezcas de razón. Es cierto, no paso de ser una pobre muchacha ignorante yo; pero una cosa sé, sin embargo, es que soy madre, que pesan, en tal carácter, deberes sagrados sobre mí y que eso me basta.

Lo que he recibido de mi padre, quiero dejárselo a mi hijo, es suyo, le pertenece, y, sin que importen mis palabras un reproche, permíteme que te recuerde que estamos tú y yo en la obligación de conservar y trasmitirle intacto el patrimonio que le viene de su abuelo.

—Cualquiera que te oyese, mi hija, creería que trato de despilfarrar yo, de tirar a la calle lo que tenemos... que soy un miserable o un loco, un inconsciente por lo menos...

—No, no digo tanto, no digo eso; pero lanzado en los negocios como te hallas, pueden salir errados tus cálculos, puedes llegar a equivocarte por desgracia, sufrir pérdidas, reveses y aun animado de las más sanas intenciones, comprometer así con tu conducta la fortuna y el porvenir de tu hijo.

—¡La fortuna... la fortuna... –exclamó Genaro con un vehemente gesto de impaciencia–, como si fuese todo la fortuna, plata únicamente lo que debe uno dejar a sus hijos!... ¿Y el nombre que heredan éstos de sus padres, y si no se tratase sólo de dinero, si hubiese una cuestión más seria de por medio, una cuestión de honor y de decoro para mí, de llenar ineludibles compromisos bajo pena de faltar a mi palabra y de comprometer mi crédito, de aparecer como un tramposo ante el público, como un ladrón?

—¡Tú!...

—Es lo que no sabes y lo que conviene que sepas sin embargo, lo que te hago saber ya que me pones en el caso de decírtelo, ya que me obligas con tu necio y mezquino proceder para conmigo, tu marido al fin.

Sí, yo, debo, debo mucho. Largo sería explicarte por qué. Negocios, operaciones en que he entrado, que tienen forzosamente que producirme, de un día a otro, cien veces lo que en ellas he invertido pero que no me conviene por lo mismo realizar, mientras no llegue el momento y un cambio no se opere; algo con que cuento de una manera indudable que no puede dejar de producirse, que es seguro, fijo, infalible.

Ahora, resuelve tú misma, elige tú. La riqueza por un lado, ya que tanto hablas de riqueza y de fortuna; la ruina y la deshonra por el otro, si te obstinas y persistes en negarme la miserable suma de dinero que solicito de ti.

Hubo un momento de silencio entre ambos. Iba y venía Genaro a lo largo de la pieza, una violenta agitación al parecer lo dominaba.

Como si la duda hubiese surgido en su espíritu y la hiciese a pesar suyo vacilar, obstinadamente Máxima lo observaba.

¿Mentía su marido, era farsa la de aquel hombre, comedia como otras veces, o llevaba impreso su acento el sello de la verdad, qué creer, qué pensar? llegaba ella a preguntarse, poseída, a la vez que de una tenaz y sorda desconfianza, de un extraño sentimiento de compasión:

—¿Cuánto te hace falta en suma, cuánto dices que necesitas? –bruscamente acabó por exclamar.

—Con trescientos mil pesos me bastaría.

—¡Tómalos y quiera Dios que sean los últimos!

¡Había caído en el garlito,[342] se la había pisado, le había pegado en el codo y hecho abrir la mano a la muy pava!... Pava... pava... aunque no tanto, no tenía trazas de haberse quedado tan convencida que se dijera... Más bien por verse libre de él, como de un dolor de muelas, se conocía que había aflojado.

¿Ni cuándo era tan mentira, tan cuento tártaro lo de los montes y maravillas que le había pintado? Él mismo conservaba una esperanza, estaba en

---

342 *Caer en el garlito*: fig., fam., caer en el lazo, resultar víctima de una trampa.

el fondo penetrado de que, tarde o temprano, un vuelco se operaría, llegaría a producirse la reacción consiguiente a toda crisis.

¡Pues no que, de no ser por eso y de no creerlo así, se habría mostrado tan listo, se habría puesto tan en cuatro él por pagar!... Como no hubiese ido hasta echarle la capa al toro[343]... Estaba muy bueno, muy bonito, sonaba muy bien lo de la honra, pero el provecho quedaba en casa...

En fin, lo que por el momento interesaba, eran los trescientos mil de la otra, vería de brujulearse,[344] de maniobrar con ellos.

---

343 *Echarle la capa al toro*: fig., llevar la situación hasta las últimas consecuencias.
344 *Brujulearse*: fig., orientarse.

– XLI –

Pero una a una, como las cuentas de un rosario, nuevas obligaciones se sucedían, nuevos plazos se cumplían. Un vencimiento, entre otros, de treinta mil duros y pago íntegro, traía a Genaro preocupado.

Se le venía encima en esos días... ¿A qué santo encomendarse, apelar a Máxima haciéndole otra entrada?

Mansita la había largado, como para salirle con ésas ahora y tener una de a pie los dos, y volverse él con una mano atrás y otra adelante, que era lo más probable, lo más seguro, dada la actitud de su mujer, según se había mostrado de cocorita,[345] el modito que había tomado, el geniecito que había revelado tener, ¡el mismo genio del viejo su padre!...

Nada, friolera,[346] una zoncera, treinta mil pesos fuertes[347]...

Pero, estúpido pensó, llegó a ocurrírsele de pronto, ¿a qué ponerse a hablar de fuertes, con qué necesidad? Bastaría decirle, hacerle creer a la otra que eran pesos papel, pesos moneda corriente. ¡Medio embarullaría el signo $ él al llenar la letra, leería pesos ella; o ni eso, ni leería, ni se fijaría y más que mala, más que perra se portara, yendo a negarle su firma por semejante bicoca[348]!...

Era indudablemente un buen golpe el suyo, se decía Genaro con íntima alegría, satisfecho del expediente por él imaginado, orgulloso de su idea, de la peregrina y feliz inspiración que había tenido.

Viose con todo y, a despecho de la confianza que en el éxito abrigara, obligado a protestar, reducido a empeñar la garantía de su palabra, a jurar por su honor, por el afecto que profesaba a su madre, por la vida de su hijo que nunca, jamás, tomaría a solicitar, a implorar de su mujer favor alguno de dinero. Todos los medios, los arbitrios, los resortes que una suprema ex-

---

345   *Cocorita*: argentinismo, peyorativo, se dice de la persona dada a exaltarse, enojada y provocativa.
346   *Friolera*: cosa de poco valor o importancia.
347   *Pesos fuertes*: o peso oro equivalía a 25 pesos papel.
348   *Bicoca*: argentinismo, cosa despreciable, de poco valor.

tremidad sugiere al hombre, fueron tocados por él, a todo recurrió, a la sú-
plica, a la astucia y al engaño, a la amenaza, a una amenaza de muerte, de sui-
cidio. ¡Sí, estaba desesperado, loco, no se le ofrecía otra vía de salvación para
salir de la situación tremenda en que se hallaba, que acabar por levantarse la
tapa de los sesos!...

– XLII –

Recibió Máxima, días después, la visita de un hermano de su padre. Deseaba verla, hablarle en reserva de algo serio que había llegado a su noticia y que, en su carácter de tío y dado el cariño que le profesaba, creía de su deber no dejar pasar en silencio... porque, en fin, era mujer ella, una mujer joven, una niña sin experiencia y no siempre podía hallarse por lo mismo en situación de apreciar bien, de pesar con madurez las consecuencias de sus actos en la vida.

Se trataba de su marido. Un amigo, miembro del Directorio del Banco, habíasele acercado y lo había impuesto a él de los asuntos de Genaro. Debía éste en plaza fuertes cantidades de dinero; era de pública voz que, habiéndose lanzado en las pasadas especulaciones de tierras, la crisis producida le ocasionaba pérdidas enormes, se hablaba de él, del mal estado de sus negocios, de su crítica y precaria posición, como de una cosa notoria, sabida y averiguada; por todas partes se aseguraba en suma que era un hombre completamente arruinado.

Agregaba la persona en cuestión, que numerosas letras y pagarés, entre otros uno de data reciente y treinta mil fuertes de valor, circulaba con su nombre, el de Máxima, llevaba como garantía su firma al pie.

Se explicaba, se comprendía que, obedeciendo a impulsos del corazón y animada por un noble sentimiento, acudiese en auxilio de su marido, le brindase los medios de ponerse a salvo, de conservar, ya que no ilesa su fortuna, su reputación y su nombre por lo menos.

Pero, ¿a dónde iba ella, por otra parte, comprometiendo así lo suyo, entregando, ciegamente, a manos llenas, la herencia de su padre, lo que debía pertenecer un día a sus hijos; hasta qué punto podía Genaro reputarse autorizado a reclamar de ella tan costoso sacrificio, las propias necesidades de éste, sus apremios, las exigencias de la situación porque pasaba, qué término tendrían, qué límite reconocían?... Ni él mismo habría sabido acaso decirlo...

Debía pensar Máxima, reflexionar seriamente, hacerse cargo de que se trataba no sólo de su presente bienestar, sino que comprometía también con su conducta imprudente el porvenir y la suerte de su hijo. Que lo quisiese ella a su marido y mostrase todo su anhelo de ayudarlo, santo y bueno, abogaba en su pro, hablaba bien alto en su favor eso; pero convenía con todo no olvidar que, antes que esposa, era madre.

—¡Treinta mil pesos fuertes!... le consta, ¿está seguro usted tío de lo que dice?

—¿Y cómo no quieres que lo esté? Sé por lo menos, recuerdo perfectamente que el hecho me ha sido referido por quien se encuentra en situación de conocerlo y no tiene interés en faltar a la verdad.

Había abusado de su confianza, había sorprendido su buena fe, le había mentido, la había engañado, la había robado indignamente, era un infame su marido, era ella la mujer de un falsario y de un ladrón.

– XLIII –

Como va el animal desbocado que corre a estrellarse contra un muro, va y se estrella, así y no obstante sus solemnes juramentos, acudió Genaro a su mujer en demanda de nuevas sumas de dinero:

—¿Pero dime, qué no tienes ni pizca, ni un poquito de vergüenza tú, ni una gota de sangre en las venas... y te atreves, después de lo que has hecho, a venir a verme todavía y a pedirme?...

—¿Qué sucede, qué pasa hija, di, a asunto de qué me sales a mí con eso?

—¿De qué? ¡de todo, de tus embrollas, de tus enredos y ruines trapisondas,[349] de tu última hazaña, sobre todo, de la conducta pérfida que conmigo has observado, de la iniquidad que has cometido arrancándome lo que, como un estafador vulgar, como un bribón me has arrancado!

—¿Qué, sabes, te han dicho? Y bien, sí, es cierto, he faltado, me he conducido muy mal, lo confieso, te he engañado... pero también ponte en mi caso tú... ¿qué querías que hiciera, qué habrías hecho tú misma en mi lugar?

—¿A mí me lo preguntas?

—Cargado, acribillado de deudas, perseguido a muerte por mis acreedores, con tres letras protestadas ese día, amenazado de verme hundido en la opinión como insolvente, señalado acaso con el dedo como quebrado fraudulento; y sabiendo que nada de otro modo habría obtenido de ti, que nada me habrías dado tú, tú que habías sido mi ángel tutelar, sin embargo, mi única providencia hasta entonces...

¡Ah! ¡perdóname, soy antes un culpable, un pobre hombre desgraciado, más que tu enojo y tu despecho, merezco tu compasión, perdóname!...

—Se acabaron ya esos tiempos... he aprendido, me has enseñado por mi mal a conocerte y sé quién eres. ¡No esperes llegar a persuadirme con em-

---

349 *Trapisondas*: enredos, engaños.

bustes y nuevos artificios, ni que me deje yo ablandar ahora como antes, por esos aires de hipócrita que afectas, farsante, cínico!

Estaba que trinaba[350] su mujer... era claro, era evidente, nada iba a conseguir, ni medio de ella iba a sacar tocándole esa cuerda.

—¡Máxima! —exclamó Genaro entonces cambiando de tono bruscamente, brillando el fuego de la ira en su mirada, acusándose en los pliegues de su labio—, no me insultes, no me ofendas sin derecho ni razón... quiero ser, me ves resuelto a mostrarme contigo bueno y tolerante, a no salir de la calma y la templanza que me he impuesto; acabo de soportar de ti palabras duras que persona alguna en el mundo otra que tú, osará impunemente dirigirme...

¡Pero cuida de lo que haces, reflexiona, mira de no poner a prueba mi paciencia, que podría tal vez costarte caro!

—¿Con ésas me vienes, con amenazas ahora? Pierdes, te lo prevengo, lastimosamente tu tiempo —repuso ella provocante—, inventa algo mejor—y clavando en su marido la mirada, una mirada de encarnada y profunda hostilidad—, ¿qué más, dime, qué desgracia mayor puede llegar a sucederme a mí que la ignominia de tener un marido como tú?

—¡El remordimiento de haber sido la causa de mi muerte!... —a la vez que echaba mano a la cintura y con trágico ademán empuñaba un pequeño revólver de bolsillo, como fuera de sí, vociferó Genaro.

—¿Matarte tú?... ¡no eres capaz... los cobardes no se matan!

Con la expresión de quien se siente vacilar y no acierta en la duda a resolverse, permaneció inmóvil él, de pie, un instante.

¿Qué diría, qué haría, qué le quedaba que hacer o que decir, por dónde era mejor que reventase? y sin articular palabra al fin, atropelladamente salió.

Había alcanzado a pisar el umbral de la puerta de calle; detúvose de pronto. ¿Llevaba puesto su sombrero? Sí, lo tenía. Dirigió hacia adentro la vista y esperó, trató de oír.

Nada, un completo silencio en la casa; ningún ruido se percibía, ninguna voz, nadie lo llamaba.

¿Lo dejaría salir así su mujer, sería capaz, habiéndole dicho él que iba a suicidarse nada menos, tan a fondo lo tendría calado[351] que le había conocido el juego y ni duda siquiera conservaba de que fuese una grotesca farsa la suya... o tanto lo aborrecía, era tal y tan profunda su aversión, que llegaba acaso hasta alegrarse, hasta felicitarse en el fondo de que cargara el diablo con él?

Maquinalmente cruzó Genaro la calle, por la vereda opuesta avanzó con lentitud en dirección al Norte.

Y miraba, volvía a cada paso la cabeza esperando alcanzar a distinguir, a la incierta luz del gas, la silueta de Máxima en la puerta, ver que asomaba la sirvienta, salía corriendo en su busca, lo chistaba, lo alcanzaba y lo llamaba azorada en nombre de la señora.

---

350 *Estaba que trinaba*: furiosa.
351 *Tenerlo calado*: argentinismo, conocerlo.

Fiasco,[352] había dado fiasco, un fiasco completo... ni más ni menos que como a perro lo miraba... y era un hombre, sin embargo, el que acababa de anunciar su resolución de matarse y a su propia mujer era a quien se lo había dicho, y de su propia casa, del seno mismo de su hogar, que esa prueba de helado desafecto le llegaba...

Solo, solo, lo había estado, lo estaría toda su vida, siempre, era fatal... Indiferencia, cuando no alejamiento, repulsión, era lo que había encontrado él, lo que había cosechado a lo largo de su camino...

—Solo, solo – repetíase Genaro tristemente, dominado, a pesar suyo, por una extraña y afligente impresión de desamparo, como sintiendo que zozobrara su ser en las tinieblas de un vacío inconmensurable.

No; era injusto, la vieja, la pobre vieja, ella sí, ella únicamente...

Y años enteros hacía que ni palabra le escribía a la madre, y, muchas veces, ni el trabajo de leer sus cartas se tomaba... Siempre la misma historia, también, la misma música, el sempiterno estribillo... que no quería morirse sin verlo, que fuese a Europa él, que ella enferma, paralítica, tullida como estaba de pies y manos, ni pensar podía en moverse.

¡Eh!, su madre, prorrumpió Genaro, con desesperado gesto de rabia y desaliento, dejándose caer sobre uno de los bancos de la Plaza del Parque,[353] los codos en las rodillas, la frente entre las manos; su madre y su hijo y él y su mujer y todos y todo... ¡empezaba a tener hasta por encima del alma ya, a estar harto!

¿Qué halago, qué aliciente la existencia le ofrecía, qué vínculos a la tierra lo ligaban?

¿El deber?... ¿y el deber, qué era, qué lo constituía, quién lo fijaba, qué autoridad lo demarcaba... por qué no había de consistir eso, lo que llamaban deber, en agarrar cada cual por donde más le cuadrara y mejor le conviniese?

¿La ambición lo haría vivir, el anhelo de ser o de hacer algo? Todo su afán, su solo sueño había sido el dinero, lo había tenido y para perderlo y perderse él era para lo que le había servido...

¿Acaso la voz del corazón, la fuerza, la vehemencia del sentimiento, amor, cariño por los suyos, por alguien en el mundo? No sabía lo que era querer él, a nadie quería, jamás había querido... ni a su hijo, ni a su madre... ¡hallábase a punto de creer que ni a él mismo!

Y si tal había nacido, si así lo habían fabricado y echado al mundo sus padres, ¿era él el responsable, tenía él la culpa por ventura? No, como no la tenían las víboras de que fuese venenoso su colmillo.

Pero, ¿qué misión en la vida era la suya, cuál su rol, qué hacía, para qué demonios servía entonces?

¡Oh! para nada, pero nada bueno, ni útil, ni digno, ni justo de seguro.

Podía cuanto antes llevárselo la trampa, un mandría, un trompeta[354] menos...

---

352 *Fiasco*: italianismo, fracaso.
353 *Plaza del Parque*: actual plaza Lavalle.
354 *Trompeta*: argentinismo, hombre despreciable.